GRANDE FESTA A SUMMER BEACH

CORAL COTTAGE
LIBRO 5

JAN MORAN

Traduzione di
JESSICA RAVERA

SUNNY PALMS

PRESS

La piccola bottega del cioccolato

"Un romanzo delizioso, che vi farà venire voglia di cioccolato". – *Ciao Tutti*

"Scritto in modo scorrevole... pieno di intrighi, amore, segreti e romanticismo". – *Lekker Lezen*

La casa dei profumi dimenticati

"I lettori divoreranno questo libro, pagina a pagina, man mano che il mistero e le passioni si dipanano". – *Library Journal*

"Come ha fatto in *Il giardino dei profumi perduti*, la Moran intreccia la conoscenza del vino e della vinificazione con questo intenso dramma familiare". – *Booklist*

Il giardino dei profumi perduti

"Straziante, evocativo e stimolante, questo libro è un viaggio potente". – Allison Pataki, autrice di *Sissi: la solitudine di un'imperatrice*, bestseller del *NYT*.

"Una saga travolgente, che narra il viaggio di una donna attraverso la Seconda guerra mondiale e della sua riluttanza ad arrendersi anche di fronte alle sfide più dure". – Anita Abriel, autrice di *The Light after the War*.

"Una storia avvincente di amore, determinazione e rinnovamento". – Karen Marin, *Givenchy Parigi*

"Un'elegante e avvincente storia familiare. Ciò che la contraddistingue è il tema della profumeria sullo sfondo, che permea la storia di deliziosi aromi – un risultato notevole!" – Liz Trenow, autrice di *The Forgotten Seamstress*, bestseller del *NYT*.

"Una coraggiosa eroina, amanti dal destino avverso, uno splendido senso di tempo e luogo che cattura l'inquietudine e il tumulto degli anni '40; un lieto fine". – *Eroi e rubacuori*

LIBRI DI JAN MORAN

ITALIANO

Ritorno a Coral Cottage

Un nuovo inizio a Coral Cottage

Natale a Coral Cottage

Matrimoni a Coral Cottage

Grande festa a Summer Beach

La casa dei profumi dimenticati

Il giardino dei profumi perduti

La piccola bottega del cioccolato

INGLESE

Summer Beach Series

Seabreeze Inn

Seabreeze Summer

Seabreeze Sunset

Seabreeze Christmas

Seabreeze Wedding

Seabreeze Book Club

Seabreeze Shores

Seabreeze Reunion

Seabreeze Honeymoon

GRANDE FESTA A
Summer Beach

JAN
MORAN

USA TODAY BESTSELLING AUTHOR

Library of Congress Cataloging-in-Publication Data

Moran, Jan.

/ di Jan Moran

ISBN 978-1-64778-186-6 (epub)

ISBN 978-1-64778-179-8 (copertina rigida)

ISBN 978-1-64778-188-0 (brossura)

Pubblicato da Sunny Palms Press. Design di copertina: Sleepy Fox. Copyright delle immagini in copertina: Depositphotos.

Sunny Palms Press

9663 Santa Monica Blvd STE 1158

Beverly Hills, CA 90210 USA

www.sunnypalmspress.com

www.JanMoran.com

RINGRAZIAMENTI

I miei più sinceri ringraziamenti a Jessica Ravera ed Emiliano Riva per il loro meticoloso lavoro nel tradurre questo libro. È davvero un piacere lavorare con voi a questo romanzo e agli altri della serie! Sono molto felice di poter condividere questa storia con i miei lettori italiani nella loro meravigliosa lingua.

"I piatti sono pronti!", disse Marina alla figlia, che stava servendo i tavoli nel soleggiato patio con vista sulla spiaggia.

Aggiunse un filo di vinaigrette al lampone alle insalate di spinaci, che aveva preparato con delle cucchiaiate di frutti di bosco, scaglie di formaggio feta e noci glassate. Quel piatto era diventato una specialità estiva molto apprezzata al Coral Café.

Heather andò in cucina a prendere l'ordine. "Sembra che la questione dei festeggiamenti del centenario stia sfuggendo un po' di mano. C'è una rivolta in corso al tavolo cinque".

Marina le lanciò un'occhiata di avvertimento. "Cosa ti ho detto a proposito dei pettegolezzi?"

"Io lo chiamo essere ben informati", disse Heather, strizzando l'occhio a Cruise, che stava girando degli hamburger di tacchino sul piano cottura.

Marina alzò lo sguardo dalla sua postazione di lavoro della sua cucina a vista, preoccupata per quell'importante evento a Summer Beach, che sarebbe stato il clou della stagione turistica. Quell'estate cadeva il centenario della fondazione della piccola città, e i residenti erano ansiosi di festeggiare.

Sbirciando nel patio, Marina vide dei volontari accalcati intorno a un tavolo sotto un ampio ombrellone color corallo. "Cosa sta succedendo là fuori?"

"Il comitato sta votando per sostituire Rhoda, che non si è presentata alla riunione di oggi", rispose Heather, abbassando la voce. "Né all'ultima. Ho sentito dire che ha malapena organizzato qualcosa per la parata. Ma nessun altro vuole assumersi questa responsabilità".

"Probabilmente la mente di Rhoda è altrove". Marina aveva sentito dire che sua madre aveva problemi di salute. Doveva essere un peso per quella povera donna che, comunque, a Marina non sembrava una persona molto capace di organizzarsi. "Sono sicura che risolveranno tutto".

Heather prese le insalate. "Tu avresti organizzato tutto in un baleno, mamma. Guarda come hai sistemato questo posto".

"Mi sono offerta di partecipare con il nostro food truck. Mi farò sentire di nuovo dopo il nostro viaggio".

Anche Marina era sempre più preoccupata per la comunità e per quell'evento. Aveva lasciato dei messaggi a Rhoda esprimendo il suo interesse a portare il camioncino del Coral Café, ma le sue chiamate erano rimaste senza risposta. E non si era messa in contatto con altri ristoranti. Tutti avrebbero avuto bisogno di tempo per organizzare il personale, i menu e le forniture, e ormai mancavano poche settimane.

Non c'era da stupirsi che la gente fosse sempre più

nervosa. L'eco della campagna promozionale per il centenario di Summer Beach si era fatto sentire in tutta la California meridionale, e si prevedeva un numero considerevole di visitatori. Tutte le locande erano al completo da settimane.

Marina e il suo locale erano pronti ad affrontare tutto ciò, ma sperava di partecipare ai festeggiamenti sulla spiaggia con il suo camioncino. Schioccò la lingua, chiedendosi chi avrebbero potuto trovare per supervisionare quel lavoro con così poco preavviso.

Decise di parlarne con Ginger. Sua nonna conosceva tutti in città.

Nel frattempo, Marina aveva altro a cui pensare. Jack era a casa a preparare il furgone Volkswagen per il viaggetto che avevano programmato. Era la prima pausa che si prendeva da quando la folla di turisti aveva dato il via all'intensa stagione turistica primaverile. Sarebbero partiti la mattina presto per stare via solo un paio di notti, ma ne sarebbe valsa la pena.

Si voltò verso Cruise, che stava versando le patate dolci fresche nell'olio bollente. Con i suoi tatuaggi e i capelli schiariti dal sole, avvolti in uno chignon da uomo all'altezza del collo, era giovane e pieno di energia.

"Ti ho lasciato un riepilogo delle cose da controllare nell'area di preparazione".

"Non preoccuparti, ci penso io". Cruise sistemò sulla griglia altri hamburger di tacchino per i famosi *slider*.

"Ne sono sicura, ma vorrei comunque che tu ci dessi un'occhiata", disse con tono pacato.

Cruise aveva talento, ma a volte si lanciava in supposizioni o prendeva delle scorciatoie che lei doveva correggere. Tuttavia, le piaceva abbastanza, e anche a Heather. Era lì solo per l'estate, lavorava part-time per lei e faceva surf il più possibile.

Sua sorella Brooke avrebbe servito ai tavoli e sua nonna Ginger accolto i clienti e tenuto d'occhio il locale, ma Marina era comunque preoccupata. Anche se il caffè andava bene, un errore avrebbe potuto infangarne la reputazione e danneggiare l'attività. Aveva lavorato sodo per creare delle procedure che anche gli altri potessero seguire, per far sì che tutto filasse sempre liscio.

Altrimenti, non avrebbe più avuto una vita al di fuori del lavoro. Che già non era granché.

Heather tornò in cucina e appese un'altra ordinazione alla rastrelliera rotante. "Quelle patatine hanno un buon profumo, Cruise. Me ne tieni un po' da parte?"

"Come sempre", rispose con un sorriso. "Con il mio speciale aioli all'aglio".

Heather lo guardò raggiante. "Sei il migliore".

Gonfiò il petto. "Mi piace pensarlo".

Heather rise e lo colpì con lo strofinaccio. "Oh, ma sentiti!"

Ridacchiando, Cruise fece un salto indietro, urtando il manico di una padella calda.

"Ehi, voi due!", disse Marina. "Attenti ai fuochi e ai coltelli. Non possiamo permetterci incidenti".

"Scusa, mamma". Heather prese un ordine e uscì dalla cucina, sorridendo a Cruise.

Quello scambio di battute attirò l'attenzione di Marina. Heather e Cruise erano diventati buoni amici. Era tutto lì, pensò, anche se Heather non aveva detto di stare frequentando nessun altro, quell'estate. Di solito sua figlia si confidava con lei.

Marina si tolse un ciuffo di capelli dagli occhi. Forse si

preoccupava troppo, ma era un'abitudine che aveva sviluppato dopo la morte di Stan, mentre cresceva i suoi gemelli.

Ora che aveva superato i quarant'anni, con un nuovo marito che adorava, era arrivato il momento di eliminare le abitudini che non le servivano più. Entro la mattina seguente, sarebbe stata in viaggio con lui e i loro figli, tranne Ethan, che era sul campo da golf con dei clienti.

Con Jack al suo fianco e un nuovo futuro davanti a sé, era tempo di aprire il cuore e liberare la mente. Mentre lavorava a un altro ordine, sorrise a se stessa. Due giorni nella natura erano proprio ciò che le serviva.

Mentre Jack guidava il suo furgone Volkswagen retrò, Marina si appoggiò al sedile, ammirando l'oceano. La giornata era soleggiata, quindi aveva indossato pantaloncini di jeans e una maglietta bianca, e si sentiva quasi come se fosse tornata bambina, liberandosi dello stress che l'aveva attanagliata per mesi.

Heather e Leo erano sul sedile posteriore, e Scout disteso tra loro, scodinzolando per farsi massaggiare la pancia.

Era una breve pausa di cui tutti avevano bisogno.

"Tenete d'occhio l'oceano", disse Jack mentre percorreva la stretta strada di accesso alla spiaggia. "Potremmo vedere qualche balena in migrazione".

Leo premette le mani sul finestrino. "Che tipo di balene, papà?".

Quando Jack non rispose, Heather scompigliò i capelli arruffati del fratellastro. "È estate, quindi direi balenottere e balenottere azzurre".

Jack sorrise. "Sono impressionato".

"Anch'io", disse Marina. "Dove l'hai imparato?".

Heather non diede peso a quei complimenti. "Sono

solo cose che mi capita di sentir dire al bar. È sorprendente ciò che si impara, ascoltando. Come la baraonda per la questione del centenario, ieri. Mi stupisce che la gente pensi ancora che i camerieri non si accorgano di nulla".

"Perché non dovrebbero?" Leo chiese con occhi spalancati, da preadolescente. "Hai le orecchie, come tutti".

Tutti si misero a ridere e Heather gli sorrise. "È un detto, ma è sempre vero. La gente dimentica che possiamo ascoltare i segreti che condividono".

Jack lanciò a Marina uno sguardo preoccupato. "Baraonda? Cos'è questa storia?"

"Il comitato ha votato per estromettere Rhoda", rispose Marina. "Al momento, non c'è nessuno a capo del comitato di volontari per i festeggiamenti del centenario".

"Tu e Ginger potreste risolvere la questione", disse Jack.

"Non metterci anche tu". Marina rise, mentre Heather la punzecchiava. Per quanto bella fosse la vita a Summer Beach, la stagione estiva al locale era una maratona. Doveva dosare le proprie forze per evitare un esaurimento nervoso.

Era contenta che sua figlia fosse lì ad aiutarla al locale. Heather era in pausa estiva dall'università. L'anno scorso aveva fatto uno stage, ma quell'anno aveva scelto di rimanere a Summer Beach, dicendo che voleva passare un'estate a casa prima di laurearsi e trovare un lavoro che probabilmente l'avrebbe portata altrove.

Ancora una volta, Marina avrebbe sentito la sua mancanza.

Dopo che l'esperienza come conduttrice del telegiornale si era conclusa in modo disastroso, Marina aveva lasciato il suo appartamento a San Francisco e si era trasferita a Summer Beach. All'epoca, i gemelli frequentavano la Duke University, sulla East Coast.

Ethan era lì grazie a una borsa di studio per il golf, ma aveva difficoltà negli studi a causa della dislessia. Dopo aver lasciato la scuola e trovato lavoro in un golf country club di San Diego, Heather non era voluta più rimanere da sola in North Carolina. Con Ethan in procinto di diventare un professionista del golf, Heather aveva raggiunto la famiglia a Summer Beach per terminare gli studi a San Diego.

Jack ruotò il collo stiracchiandosi e poi se lo massaggiò con la mano.

"Hai bisogno di fare una pausa dalla guida?". Marina si avvicinò per massaggiargli il collo e le spalle. "Caspita, quante contratture".

"Ecco, grazie", rispose lui, stringendole dolcemente il ginocchio. "Quando troveremo un posto dove fermarci, ci gusteremo il picnic che hai preparato. Ancora un po'".

Posò la mano sulla sua. Marina si sentiva ogni giorno più a suo agio con Jack e apprezzava le piccole attenzioni e le conversazioni che costituivano la loro vita quotidiana, mentre si avvicinava il loro primo anniversario.

Durante il primo anno, entrambi si erano dovuti adattare alle loro nuove routine. Inizialmente, Jack era rimasto scioccato dall'arrivo di Leo nella sua vita. Era passato dall'essere single, vivere a New York e lavorare come reporter investigativo all'essere un nuovo, inesperto padre in una tranquilla cittadina balneare della California meridionale.

Pur essendosi adattato, Jack aveva confidato a Marina il peso del suo nuovo ruolo e delle sue responsabilità nei confronti del figlio, che presto avrebbe iniziato la scuola media. Si trattava di un momento delicato per un ragazzo, e Jack non voleva commettere altri errori oltre a quelli già fatti.

Con la coda dell'occhio, lei vide Jack soffocare uno sbadiglio. Se a tutto ciò si aggiungeva l'essersi sposato per la prima volta a quarant'anni, Marina capiva perché Jack aveva difficoltà a dormire.

"Dovremmo fermarci presto", disse. "Non c'è alcun bisogno di strafare".

"Va bene. Non appena avrò trovato un bel posto". Si strofinò gli occhi e fissò davanti a sé.

"Come procedono le illustrazioni per il nuovo libro?", gli chiese, cercando di conversare per tenerlo sveglio. Jack stava lavorando sodo a una serie di illustrazioni per la serie di libri per bambini di sua nonna, che, sorprendentemente, aveva avuto un certo successo.

"Abbastanza bene", rispose. "Ginger è un'eccellente collaboratrice. Dare vita alle sue storie è un bel cambiamento, rispetto alla routine della grande città".

"Sembra che quell'articolo ti stia prendendo più tempo del previsto".

Scosse la testa. "Una pista spesso ne porta ad altre cinque. Devo seguirle tutte".

Jack stava anche scrivendo un lungo articolo investigativo per il suo ex-editore di New York. Avendo vinto un premio Pulitzer, Jack era molto rispettato nel suo campo. Aveva accettato dei nuovi incarichi perché era preoccupato per i costi dell'istruzione di Leo.

Marina capiva il suo bisogno di affrontare le nuove sfide della paternità. Aveva anche comprato il bungalow sulla spiaggia dove viveva in affitto. Lei partecipava alle spese con i guadagni del suo locale.

Marina era orgogliosa di Jack, e lui altrettanto contento

del suo locale e del suo food truck, anche se trovare il tempo per stare insieme era una sfida. Ecco il perché di quella breve fuga per la loro nuova famiglia mista.

All'improvviso, qualcosa attirò l'attenzione di Marina. "Rallenta!", gridò allarmata, scrutando fuori dal finestrino. "C'è qualcosa che si è arenato sulla spiaggia. Dobbiamo tornare indietro".

Jack fece una smorfia. "È vivo o morto?"

"Oh, aspetta. Lo vedo, mamma". Heather diede una scrollata alla sua coda di cavallo ondulata e biondo scuro, e si rigirò sul sedile. "Sembra un po' bitorzoluto".

"Credo sia una rete da pesca", disse Marina, strizzando gli occhi contro il sole. "Ma si muove. Potrebbe esserci intrappolato un animale".

"Come un delfino?" Chiese Leo, con aria preoccupata.

A quel punto, Heather si chinò in avanti e diede un colpetto a Jack. "Dovremmo davvero fermarci".

"Va bene". Jack guardò di nuovo Leo. "Ehi, figliolo. Puoi tenere d'occhio Scout? Non voglio che abbai a qualsiasi creatura in difficoltà, mentre noi la stiamo controllando. Ce la fai?"

"Certo, papà". Leo passò la mano sul labrador retriever giallo, e Scout gli diede un colpetto con il muso, con la bocca tesa in un sorriso ansimante.

Con i suoi folti capelli scuri e i brillanti occhi azzurri, Leo era una copia più giovane di suo padre. A undici anni, stava diventando più responsabile, e Marina era contenta che avesse accettato il matrimonio del padre e lei come matrigna. Ethan gli stava anche insegnando a giocare a golf, mentre lavorava per realizzare il suo sogno di diventare professionista.

Sebbene ai suoi figli Jack piacesse, lui sembrava un po'

insicuro del suo ruolo con Heather ed Ethan. Sposarsi era una cosa. Diventare una famiglia, un'altra.

Jack aspettò che passasse un'auto prima di fare inversione. "Dove si trova esattamente questa creatura marina proveniente dalle profondità dell'oceano?"

"Oltre quegli scogli che affiorano". Marina indicò un punto vicino alla riva. "La vedi, ora?"

"Sì, certo". Accostò sul lato della strada. "Ho un coltello. Posso provare a liberarla, qualsiasi cosa sia". Accese le luci lampeggianti di emergenza. "Potrebbe essere un altro cane ficcanaso. Leo, metti il guinzaglio a Scout e tienilo ben saldo".

"Lo aiuto io", disse Heather, mettendosi le infradito.

Scesero dal furgone e si diressero con cautela verso quel mucchietto semovente di pesanti reti che si trovava sulla riva del mare.

Quando Marina vide di cosa si trattava, il suo cuore ebbe un sussulto. "Sono giovani leoni marini. Più di uno".

"Sicura che non siano foche?", chiese Jack, avvicinandosi a loro.

Marina si avvicinò al fagotto, stando attenta a mantenere le distanze. "Vedi le loro pinne e come ci possono camminare? Inoltre, hanno il muso come i cani".

Sapeva che gli esseri umani non dovrebbero toccare i mammiferi marini, a meno che non sappiano cosa stanno facendo, e lei di certo non lo sapeva.

"Oh no, uno di loro sembra ferito", disse Heather, premendosi una mano sul petto. "Non possiamo liberarli così. Hanno bisogno di aiuto".

"Potrebbe esserci gruppo di soccorso per mammiferi marini nelle vicinanze". Marina guardò il telefono e il suo cuore affondò. "Non c'è campo".

All'improvviso, alle loro spalle si levò un forte guaito strozzato.

Marina si girò di scatto. A giudicare dall'angoscia nella voce dell'animale, disse: "Credo che quella sia la madre. O il padre. Dovremmo stare indietro".

"Povera mamma", disse Heather. "Vorrei che potessimo restituirle subito i suoi piccoli".

"Tieni stretto Scout", disse Jack, indietreggiando.

Il leone marino più grande sembrò intuire che non volevano fargli del male, ma continuò a muoversi in preda all'angoscia. Marina tirò un sospiro di sollievo.

Mentre si ritiravano dalla rete, Heather gridò: "C'è campo, ora".

"Presto, cerca un numero per il salvataggio dei mammiferi oceanici", disse Marina. "E non muoverti da lì".

Heather toccò lo schermo un paio di volte. "Credo di averlo trovato. Ma non so dove siamo".

"Tocca la freccia sulla mappa", disse Leo, con le braccia intorno a Scout. "Così ti localizzi".

"Come fai a saperlo?", chiese Jack, chiaramente impressionato.

Leo sorrise. "L'ho visto in un video".

Heather passò il telefono a Marina. "Mamma, vuoi parlare con loro?"

"Certo". Marina guardò lo schermo. Heather aveva trovato un numero di emergenza per il salvataggio dei mammiferi marini. "Jack, potresti tenere d'occhio la madre e i cuccioli?"

"Ecco qua". Marina compose il numero e disse alla persona all'altro capo della linea dov'erano e cosa avevano trovato.

Dopo aver riattaccato, Jack chiese: "Quando possono venire?"

"Sono a circa dieci minuti", rispose Marina. "Hanno detto di non avvicinarsi e di non cercare di aiutarli. Se uno dei cuccioli è ferito, la madre potrebbe arrabbiarsi. Di solito non sono pericolosi, ma i leoni marini difendono i loro piccoli".

Attesero, sorvegliando la giovane famiglia di leoni marini. Presto, un camion blu a quattro ruote motrici con un logo giallo brillante si fermò sulla spiaggia.

Una squadra composta da diverse donne e uomini saltò fuori. Il più alto, un giovane di bell'aspetto con i capelli raccolti e un buon fisico, sembrava essere al comando del gruppo.

Aveva un sorriso spontaneo e sincero che piacque subito a Marina.

"Sono Blake Hayes", disse. "Grazie per averci chiamato. Capita più spesso di quanto vorremmo. La mia squadra può tagliare la rete, ma dato che uno è ferito, li porteremo tutti nel nostro centro per tenerli sotto osservazione".

"Cosa pensi sia successo?", chiese Heather.

Blake lanciò un'occhiata alla sua squadra, che stava valutando la situazione. "I leoni marini e altri animali rimangono impigliati nelle reti da pesca e la marea li porta a riva. Probabilmente quella laggiù è la madre. Deve aver seguito i suoi cuccioli, cercando di salvarli. Anche lei sembra esausta. È un bene che tu abbia chiamato".

Heather si sistemò una ciocca di capelli dietro l'orecchio. "Beh, in realtà è stata mia madre".

"Ma Heather ha insistito perché ci fermassimo", disse Marina.

Un sorriso sfiorò il volto di Blake. "Sono felice che tu l'abbia fatto. È un piacere conoscerti, Heather".

Uno dei colleghi di Blake alzò una mano. "Ehi, dottor Blake, devi dare un'occhiata a questo piccoletto".

"Scusami", disse a Heather. "È un piacere conoscere te e la tua famiglia".

"Dovremmo restare?", chiese Heather.

"Non siete obbligati, ma potete". Blake si mise una mano in tasca. "Se vedete altri mammiferi marini arenati, ecco il mio biglietto da visita. Vivi da queste parti?"

"A Summer Beach", rispose Heather.

"Bel villaggio". Blake sorrise. "Non ci vorrà molto". Si diresse trotterellando verso la sua squadra.

Scout tirava nelle mani di Leo, e Jack lo prese in consegna. "Grazie, amico. Ora lo tengo io".

Marina mise un braccio intorno a Heather. "Hai fatto bene a chiedere a Jack di accostare. Questo dimostra la bontà del tuo cuore".

Guardando Blake e la sua squadra, Heather scrollò le spalle. "Chi non l'avrebbe fatto?"

"Ne saresti sorpresa". Marina rimase in piedi insieme al resto della famiglia, e continuarono a guardare la squadra al lavoro per liberare la famiglia di leoni marini.

Dopo aver controllato il cucciolo ferito e avergli prestato i primi soccorsi, Blake aiutò la squadra a caricare il giovane leone marino sul camion. Poco dopo, si fermò un altro veicolo.

Blake tornò da Marina e dagli altri. "Volevo ringraziarvi ancora. Li porteremo tutti da noi per le cure, ma probabilmente saranno presto in grado di essere liberati. Se non aveste chiamato, avrebbero potuto morire. È un tratto di spiaggia dove non passa nessuno, soprattutto durante la settimana". Guardò Heather. "Vuoi che ti faccia sapere quando li liberiamo?"

"Mi piacerebbe", disse Heather timidamente. "Puoi trovarmi al Coral Café a Summer Beach. È il ristorante di mia madre".

"In realtà, ci sono stato", disse Blake alzando le sopracciglia. "È molto buono".

"Sei un medico dei leoni marini?", chiese Leo.

Blake si inginocchiò all'altezza di Leo. "Sono un veterinario acquatico. Fin da quando avevo la tua età, volevo aiutare gli animali che vivono nel mare".

"Forte", disse Leo, guardando il camion. "E tu puoi guidarlo?"

"Certo che sì", rispose Blake. "Vieni al centro qualche volta. Ti darò un passaggio e ti farò fare un giro. Abbiamo una struttura medica completa per i mammiferi marini. Da queste parti si tratta soprattutto di leoni marini, foche e tartarughe, ma ne aiutiamo di tutti i tipi".

Gli occhi di Leo si allargarono. "Anche le balene?"

"Ci puoi scommettere". Blake ridacchiò. "Ho curato balene e le ho rimandate a vivere nel mare".

Dopo che Blake e la sua squadra se ne furono andati, Jack condusse Scout alla macchina e tutti salirono a bordo. Percorsero un breve tratto di strada e si fermarono per il picnic. Marina aprì il retro del furgone Volkswagen, che aveva una piccola cucina incorporata. Con l'aiuto di Heather, iniziò a preparare i panini.

"Che avventura", disse Marina. "Sono contenta che abbiamo potuto essere d'aiuto".

Heather guardò verso l'oceano. "Mi chiedo come sia passare le giornate a lavorare con gli animali".

"Penso che ci voglia un'anima compassionevole per farlo", rispose Marina.

Heather staccò delle foglie di lattuga croccanti per i panini. "Hai ancora bisogno di aiuto per la festa di anniversario che Ginger ha organizzato questo fine settimana?".

Grazie alle sue conoscenze, la nonna di Marina aveva portato molti clienti al caffè e al camioncino che aveva preso. Gli amici di Ginger lo avevano prenotato per una festa nella loro casa al mare.

"Se sei disponibile, mi farebbe comodo". Pensando a come Heather aveva guardato Blake, Marina si chiese se fosse interessata a qualcuno. Non aveva frequentato molta gente da quando era tornata dal North Carolina, ma Heather, di suo, era una ragazza riservata. Aveva sofferto d'ansia, quando si trattava di svolgere i test a scuola. "Ma se ti capitasse di avere un appuntamento, fammelo sapere. Posso coprirti io".

Heather alzò le spalle. "Adesso devi pensare a Jack e a Leo".

"Anche la tua vita è importante. Sto pensando di assumere un'altra cameriera". Fece una pausa. "Il dottor Blake sembrava simpatico".

Un rapido e timido sorriso attraversò il volto di Heather, tradendola. "È più grande di me".

"Probabilmente, solo di qualche anno". Ancora una volta, Marina ebbe la sensazione che Heather stesse nascondendo qualcosa. "Hai conosciuto qualcuno all'università?"

"No, nessuno".

Heather fu veloce a rispondere, pensò Marina. Ma con

Jack che sembrava affamato e Leo che correva verso di loro con Scout, lasciò perdere per il momento.

Mentre affettava i panini, il telefono le squillò nella tasca. Pensando che potesse essere qualcuno del bar, chiese a Heather di finire e lo tirò fuori.

Le mani erano scivolose, e Marina armeggiò con lo schermo, cercando di rispondere usando le nocche. "Pronto?"

"Marina, sono così felice di averti trovata", disse Rhoda, con il fiatone.

Il cuore di Marina si fece pesante, sentendo la sua voce. Di tutte le persone che aveva conosciuto a Summer Beach, Rhoda era una delle più impegnative. Ogni volta che chiamava, era per chiedere un favore personale o un aiuto per qualcosa. Una volta le aveva chiesto di preparare un pranzo di lusso per trenta suoi amici, presumibilmente per far conoscere loro il locale.

Tuttavia, Marina conosceva uno di quegli amici, e le aveva detto che era il compleanno di Rhoda. Che si era irritata quando Marina aveva rifiutato, spiegando l'impossibilità di ospitare gratuitamente una festa così grande. Altrimenti, avrebbe dovuto offrire una festa di compleanno a tutti gli abitanti di Summer Beach.

"Ciao, Rhoda", disse Marina, cercando di sembrare piacevolmente frettolosa. "Oggi non sono al locale. Jack e io abbiamo portato i ragazzi in vacanza, quindi non posso parlare. Ma spero che tua madre si senta meglio".

"Un po', grazie. Ho bisogno di parlarti e ci vorrà solo un minuto se mi dici di sì". La voce di Rhoda era carica di disperazione. "Ho bisogno che tu ti faccia avanti per la festa del centenario".

"Certo", disse Marina, chiedendosi se Rhoda fosse

ancora al comando delle operazioni. "Sarò lieta di portare il food truck in centro per la parata".

"Ok, ma non ti sto chiamando per questo. Ho cercato di organizzare tutto, ma è troppo per una sola persona. Poi ho pensato a te. Il modo in cui gestisci il tuo locale è incredibile. Non avrei mai pensato che ce l'avresti fatta, ma sei ancora in affari, anche se non guadagni molto".

Rhoda era anche un'esperta, in materia di complimenti alla rovescia. Marina lottò per mantenere il controllo di sé. "Pur apprezzando il tuo punto di vista…".

"Ti prego, ascoltami", disse Rhoda, interrompendola. "Sei l'unica persona che non mi ha rifiutato, quindi sei la mia ultima speranza. Pensavo di potercela fare da sola, ma nessuno è disposto a farsi avanti per aiutarmi".

"Non c'è un comitato di volontari?"

"Non sono d'aiuto".

Marina trattenne un gemito. Era prevedibile. Sin dall'annuncio della parata e dei fuochi d'artificio per festeggiare il centenario, il sindaco aveva cercato qualcuno che se ne occupasse. Rhoda aveva esercitato forti pressioni per ottenere quell'incarico. Marina sospettava che le piacesse sentirsi importante, ma le sue capacità organizzative erano a dir poco scarse.

Era un pasticcio che Marina doveva evitare. Jack e Heather la stavano fissando, ascoltando la sua versione della conversazione. Doveva rimanere fuori da quella storia anche per loro.

Marina affrontò la brezza dell'oceano e si passò una mano tra i capelli. "Tra il locale e i miei impegni familiari, ti prego di capire, non posso accettare".

Rhoda sembrò cogliere l'esitazione di Marina. "Sai, ho contribuito a fare del tuo caffè un locale di successo".

Ci siamo, pensò Marina, tenendosi pronta. "Davvero? Non ti vedo spesso". Si trattenne dall'aggiungere che Rhoda non si era presentata a quell'ultima riunione.

"Forse no, ma ne ho parlato a centinaia, forse a migliaia, di persone. Sono praticamente un'agenzia di pubbliche relazioni per te. Non vorrei dirti che sei in debito con me, sono troppo elegante per farlo, ma con te a bordo, il centenario sarà un successo, garantito. Questa volta non accetterò un "no" come risposta". Rhoda fece una pausa, abbassando la voce, come per dargli un tono più drammatico. "So che sei la persona giusta per questo lavoro. L'ho persino sognato".

Era decisamente troppo per Marina. Se il pensiero di fare un po' di volontariato per i festeggiamenti del centenario era allettante, quello di lavorare a stretto contatto con Rhoda non lo era di certo. Forse aveva buone intenzioni – ed era un'affermazione generosa – ma che si tramutavano in un turbine di chiacchiere con poco seguito.

Tuttavia, Rhoda spettegolava, e Marina non aveva bisogno che iniziasse a spargere voci sul locale.

"È un peccato che io sia così impegnata in questo momento", esordì Marina, scegliendo con cura le parole. "Anche se non posso prendermi l'impegno di aiutarti a pianificare e realizzare tutto, sarò presente con il mio camioncino, e un menu speciale. Purtroppo è il massimo che posso fare".

Ci fu una pausa all'altro capo del filo. "Beh, è già qualcosa", disse infine Rhoda, con un tono deluso. "Ma ho ancora bisogno del tuo aiuto. Pensaci, ti chiamerò domani".

Lo sguardo di Marina si posò su Heather, che stava finendo di preparare il pranzo. Pensò alla vita che aveva costruito a Summer Beach e, sebbene amasse la sua comunità, lavorare con Rhoda sarebbe stato un disastro. E comunque, sembrava che il comitato volesse sostituirla.

"Non ce n'è bisogno", disse Marina, rimanendo ferma nella sua decisione. "Sto facendo quello che posso per aiutare. Il mio camioncino sarà presente. Ma avrai bisogno di qualcun altro che ti aiuti a organizzare l'evento".

Rhoda tirò un sospiro. "Ho fatto molto per te, ma forse non te ne rendi conto. Ho persino invitato un critico gastronomico al Coral Café per te. Arriverà presto". Fece una pausa con un sospiro drammatico. "Tutti quelli con cui ho parlato mi hanno detto che sei la persona perfetta per aiutarmi. Non vorrei che pensassero male di te o del locale per non essere stata disponibile, quando avevo bisogno. Quindi, se dovessi cambiare idea, sai dove trovarmi".

Clic.

Marina riattaccò e alzò le mani. "Non avrei dovuto rispondere a quella chiamata".

"Sei stata brava a rimanere fedele ai tuoi principi", disse Jack, sorridendo. "Ha una bella faccia tosta. Nell'ultima parte sembrava un boss della mafia. Ha provato tutti i trucchi del mestiere".

"Avete sentito quello che diceva?", chiese Marina.

"Non è timida, mamma", Heather ridacchiò. "E, in qualche modo, hai attivato il vivavoce. Mi sono quasi sbellicata quando ha detto del sogno".

Marina dovette ridere dell'assurdità di tutto ciò. "La cosa divertente è che, se non fosse per lei, lavorare ai festeggiamenti del centenario sembrerebbe molto entusiasmante".

Heather preparò i panini e Leo si diresse verso la tavola.

Jack mise il panino per Leo nel piatto. "Lascia che qualcun altro si faccia carico di questa faccenda".

"Sono d'accordo", disse Marina mentre incartava il pane in più. "Ma spero che i festeggiamenti del centenario non siano uno dei disastri più clamorosi di Rhoda. Summer Beach merita di meglio".

Jack le strinse le braccia intorno e le toccò il naso. "Non devi risolvere tu i problemi degli altri. Lascia che se ne occupi il sindaco".

2

I giorni successivi al rientro dalla gita erano volati.

Il sabato seguente, Marina aveva trascorso il pomeriggio, dopo aver servito i numerosi clienti dell'ora di pranzo, a preparare la festa in spiaggia per il cinquantesimo anniversario di matrimonio degli amici di Ginger. Jack era partito per un weekend di pesca con un amico di Los Angeles, e Leo era con sua madre, quindi Marina sarebbe stata comunque da sola quella sera. La coppia aveva anche ingaggiato sua sorella Kai e suo marito Axe per cantare.

Marina caricò il suo camioncino, che aveva affettuosamente soprannominato Coralina, con un menu a tema italiano per il cinquantesimo anniversario di matrimonio di Valerie e Alan, gli amici di Ginger. Quando Marina e la sua squadra arrivarono a casa loro, Cruise parcheggiò il camioncino su un lato della proprietà, vicino al patio e alla spiaggia.

Con Heather al servizio, Marina e Cruise si misero in azione nella piccola cucina, sfornando pane croccante con antipasti e insalate, seguiti da lasagne e tiramisù. Il cibo fu senz'altro di gradimento, e la festa per gli amici di Ginger un grande successo.

Tra di loro c'era Rhoda. Finora, Marina era riuscita a evitarla.

Mentre Kai e Axe intrattenevano, Marina si occupò del dessert. "È l'ultimo tiramisù". Coprì il piatto vuoto e lo mise da parte per lavarlo al loro ritorno.

"Ne hai tenuto un po' per Kai e Axe?", chiese Heather.

Marina fece un cenno verso alcuni piatti da portata più piccoli. "Ne ho fatti altri, proprio lì. Ce n'è uno anche per te. Portiamo il resto al tavolo del buffet".

"La zia Kai è assolutamente fantastica stasera", disse Heather. "Vorrei avere un talento naturale come il suo".

"Ne hai molti altri. E, forse, alcuni non li hai ancora scoperti".

"I talenti non sono forse cose con cui si nasce?"

"Non necessariamente", rispose Marina. "Quando tu ed Ethan siete partiti per la scuola, non avevo idea che entro l'anno mi sarei messa a gestire un locale".

Heather sorrise. "Ero orgogliosa di te quando andavi in onda con il telegiornale, ma era solo un lavoro. Tu hai costruito il tuo locale dalle fondamenta".

"Con il tuo aiuto", disse Marina. "E quello del resto della famiglia".

Al termine di una canzone, Kai fece un acuto e la folla applaudì. Quella sera aveva indossato uno scintillante abito degli anni Cinquanta, con una scollatura a cuore e un'ampia gonna a ruota. I suoi capelli biondo fragola erano avvolti in un elegante chignon. Quando iniziò a cantare il celebre successo di Doris Day, *Que Sera Sera*, le coppie avevano riempito la pista da ballo del patio, ondeggiando al ritmo del brano.

Marina amava ascoltare Kai. Era orgogliosa dei risultati ottenuti dalla sorella come artista di teatro musicale in tournée, e anche il lavoro di Kai e Axe nel nuovo anfiteatro Seashell stava dando i suoi frutti.

Heather osservava, ipnotizzata, come molti altri. Marina sperava che sua figlia trovasse una strada che amasse quanto Kai.

La luna era alta, ma la festa non mostrava segni di rallentamento. "Dovremmo pulire", disse Marina. Lei e Heather si avviarono verso il camioncino.

"Mi piace ascoltare la zia Kai", disse Heather, guardando le coppie che danzavano con grazia nel patio sotto le stelle. "C'era una musica bellissima a quei tempi".

Cruise alzò lo sguardo dal suo lavoro e sorrise. "Pensavo fossi una fan di Taylor Swift".

"Niente dice che non mi possano piacere Taylor Swift *e* le vecchie canzoni". Heather sollevò il mento. "Sono cresciuta ascoltando Ginger che metteva su i dischi di Doris Day e Patsy Cline su un vecchio giradischi da incasso che aveva in soggiorno".

"Mi ricordo", disse Marina sorridendo. "E quel vecchio giradischi funziona ancora. Tua nonna ha un'incredibile collezione di dischi d'epoca. Quella musica appartiene a una generazione precedente alla mia, ma è comunque meravigliosa".

"Visto?" Heather diede un colpetto alla spalla di Cruise.

Come se avesse intuito che stavano parlando di lei, Ginger si avvicinò a loro. "Avete tutti l'aria di chi non sta combinando nulla di buono".

"Stavamo parlando della tua collezione di dischi e di quanto sia bella questa musica". Heather fece un cenno verso l'affollata pista da ballo. "Queste canzoni fanno sentire tutti di nuovo giovani".

"Non si è mai troppo vecchi per sentirsi così". Ginger schioccò le dita su una melodia di Elvis che Axe stava cantando, con tanto di passi di danza. La folla applaudì la sua buffa esibizione.

Marina guardò la nonna con ammirazione. "Non so quale sia il tuo segreto, ma credo che tu stia ringiovanendo".

"Mi piace pensare che sia così", disse Ginger. "È tutto nella mente, mia cara. A una certa età, ti renderai conto che una volta prendevi la vita troppo sul serio". Rivolse a Marina un'occhiata severa.

"Ho avuto le mie ragioni. Due volte", aggiunse Marina, mettendo un braccio intorno a Heather.

Crescere due gemelli da sola dopo la morte di Stan era stato travolgente. Se non fosse stato per Ginger, non sapeva come avrebbe fatto a superare quel primo anno. Doveva molto a sua nonna.

"Ma ora siamo nel presente", rispose Ginger, sorridendo a un uomo anziano e ben vestito che si avvicinava a loro. "È ora di alleggerirsi".

Quando la musica cambiò e Axe passò a *Beyond the Sea* di Frank Sinatra, un uomo che Marina ricordava di aver visto al suo locale prese la mano di Ginger e la portò via. La gonna a fiori e il foulard svolazzavano nella brezza dell'oceano.

Heather sorrise. "Non si limita a dare consigli, li vive".

"Vai, Ginger", disse Kai al microfono, e tutti applaudirono. Con la serie finale di canzoni che si avviava alla conclusione, Kai si inchinò alla fine dell'esibizione e scese.

Marina non sapeva chi si stesse divertendo di più: se la coppia di festeggiati e i loro amici, Kai e Axe, o la sua squadra del camioncino.

Ma quella sensazione durò poco quando Marina alzò lo sguardo e vide Rhoda dirigersi verso di lei. Indossava un abito rosso con paillettes, difficile da non notare.

Come previsto, Rhoda aveva un'aria agitata. "Hai cambiato idea sul fatto di aiutarmi con i festeggiamenti del centenario?".

Marina si irrigidì. "Come puoi vedere, lavoro spesso fino a tardi". Fece un gesto verso il suo food truck.

Rhoda fece un sospiro esasperato. "Marina, so che posso essere opprimente, ma è solo perché significa molto per me e per Summer Beach. Ti prego, dimmi che mi aiuterai. Non so cosa fare altrimenti".

I pensieri di Marina tornarono alla loro ultima conversazione. Sebbene il centenario fosse importante per la comunità, non riusciva a gestire la personalità imprevedibile e volubile di Rhoda. Tuttavia, vedendo la disperazione nei suoi occhi, provò un senso di colpa.

Sentendosi addosso lo sguardo di Heather, Marina disse: "Ti ho già dato la mia risposta. Porterò il camioncino, ma non posso fare altro".

La voce di Rhoda si addolcì. "Ti prometto che questa volta sarà diverso. E dicevo sul serio, riguardo all'invio del critico gastronomico al locale".

"Vorrei che non lo avessi fatto". Non voleva doverle dei favori. Inoltre, ora aveva un sacco di affari e sottoporsi all'esame di un critico poteva essere rischioso. "La mia risposta è sempre no".

Rhoda fece un sospiro e, dopo aver lanciato a Marina un'occhiata di disgusto, tornò alla festa.

"Temevo che avresti ceduto", disse Heather sorridendo. "Hai fatto bene a tenerle testa, mamma".

"Qualcuno deve gestire i festeggiamenti per il centenario, ma non sarò io", disse Marina. "Almeno, non con lei". Ricordò ciò che aveva detto Jack. Era un problema del sindaco. E Bennett Dylan non le aveva chiesto nulla.

Quando Kai li raggiunse, Marina le versò un bicchiere d'acqua. "Sei stata bravissima stasera".

"Amo le canzoni classiche", disse Kai. "E guardate Ginger là fuori. Voglio essere come lei, un giorno". Bevve la sua acqua. "Ora, dov'è quel delizioso tiramisù che mi era stato promesso?"

"Ecco", disse Marina porgendole un piatto. Si guardò alle spalle per assicurarsi che Rhoda se ne fosse andata.

"Ginger non si ferma mai", disse Heather, con la sua lunga coda di cavallo che oscillava a ritmo. Dopo aver pulito i banconi, lei e Cruise si sporsero dalla finestra di servizio per guardare la festa.

"Ora capisco da dove prendete l'energia", disse Cruise, dando una gomitata a Heather.

"Ginger ha fissato l'asticella molto in alto", aggiunse Heather. "Dobbiamo tenere il passo o saremo travolti".

"Letteralmente, a volte". Kai si rivolse a Marina. "Ti ricordi quando ci faceva fare jogging sulla spiaggia? Lo chiamava "Il *boot camp* della nonna". Aveva anche un fischietto".

"Davvero?" Cruise ridacchiò incredulo.

Marina annuì. "È stata più dura di quanto sembri. Avrebbe potuto essere un'olimpionica".

"Ha rischiato di ucciderci tutte", disse Kai. "Ma è stato allora che mi ha aperto gli occhi sul fatto di esibirsi".

"Cosa?" Heather si sporse in avanti con interesse. "Non ho mai sentito questa storia".

"Ci ha fatto fare delle scenette e cantare", disse Kai. "Non so se per farci divertire o se era per se stessa e le sue amiche".

"Quando è successo?", chiese Heather.

"Durante le estati che passavamo da Ginger per dare tregua ai nostri genitori", rispose Marina. *Molto prima dell'incidente che li aveva portati via*, pensò, incrociando lo sguardo della sorella. Kai era molto giovane allora, ma aveva capito ciò che non era stato detto. Ecco perché lei, Kai e la loro sorella di mezzo Brooke erano così unite, ancora oggi.

"E ora siamo tornate in città per sempre", disse Kai, alzando il pugno. "La prossima generazione di Summer Beach".

"E si sta lavorando alla successiva", disse Marina con una strizzatina d'occhio.

Un'ombra attraversò il volto di Kai. "Presto, spero".

Marina si pentì subito di averlo detto. Ogni mese Kai si preoccupava sempre di più per la sua incapacità di concepire. Kai si avvicinava ai quarant'anni ed era comprensibilmente nervosa.

Mentre guardava Axe concludere l'ultimo set di canzoni, Kai fece un sorriso malinconico. "È difficile credere che sia passato quasi un anno da quando ci siamo sposati sul palco del Seashell".

"È passato in fretta", disse Marina, guardando Kai mangiare il suo dessert. "Come ti stai adattando al matrimonio?"

"Axe è meraviglioso come questo tiramisù", disse Kai

tra un boccone e l'altro. "Mi sento ancora in estasi quando canta sotto la doccia. Il cambiamento più grande per me è stato quello di non essere più in viaggio".

"Me lo sono chiesto anch'io". Sua sorella era in tournée da anni.

Kai prese un altro boccone cremoso. "Sei già stata sposata, quindi dev'essere stato facile per te".

Marina scosse la testa. "Stan e io non eravamo sposati da molto, quando lui è stato chiamato a prestare servizio in Afghanistan, quindi anche per me è stata una novità".

Nell'ultimo anno, lei e Jack avevano dovuto adattarsi al matrimonio e l'uno all'altra. Amava lui e Leo, così come Scout, anche se quel cucciolo vivace e troppo cresciuto a volte ficcava le zampe nel suo giardino.

Ormai quarantenni, lei e Jack dovevano modificare alcune abitudini profondamente radicate. Marina non aveva mai condiviso il telecomando del televisore con un uomo e Jack era abituato a lavorare a tutte le ore della notte con la musica accesa.

Un anno. Marina si chiese se lei e Jack avrebbero dovuto organizzare qualcosa di speciale o trascorrerlo con Leo e i gemelli. I loro trascorsi, in fatto di cene romantiche, non erano dei migliori.

La folla applaudì quando Axe terminò la sua ultima canzone della serata. Kai si affrettò a raggiungerlo e si inchinarono. Tuttavia, nessuno era pronto ad andarsene. Ancora intenti a parlare e a ridere, i padroni di casa e gli ospiti si riunirono intorno a un enorme focolare.

Kai e Axe tornarono al camioncino. "Sembra che tutti siano radunati attorno al fuoco per bere qualcosa", disse sorridendo.

Cruise passò il bancone con uno straccio per pulire. "Possiamo andarcene via presto?"

"È stata una lunga giornata", disse Marina. "Tu e Heather potete riportare il camioncino al bar. Andate a riposare".

"Oppure no", disse Cruise, scambiando uno sguardo divertito con Heather.

"Wow, cosa ho visto", disse Kai, facendo roteare il dito verso di loro. "Cosa state combinando, voi due?"

"C'è una festa a casa di un amico in città", disse Heather. "Andiamo a fare un giro".

"Starai attento?" chiese Marina, giusto per abitudine.

Cruise annuì. "Ci sarò io al volante. Andrò piano, tranquilli".

"Che vecchietto saggio e responsabile", disse Heather ridacchiando. Gli sfiorò i capelli leggermente arruffati. "Sono striature bionde o capelli grigi?"

"Ehi, non sono tanto più vecchio di te", disse Cruise.

In effetti, Marina si rese conto che Cruise aveva probabilmente l'età di Blake. Ricordava come qualche anno, all'età di Heather, potesse fare la differenza. Sua figlia ne aveva appena compiuti ventuno. Tecnicamente, era adulta. Marina apprezzava comunque che Cruise si prendesse cura di lei. Lavorando insieme, avevano sviluppato una bella amicizia.

Quella notte non avrebbe dovuto preoccuparsi.

Proprio in quel momento, Ginger tornò con il suo compagno di ballo dai capelli argentati. "Grazie, Oliver. Balli così bene. È stato davvero un piacere".

Oliver fece un rapido inchino e baciò la mano di Ginger. "È stato un onore e un privilegio, cara Ginger.

Stavo pensando: accetteresti di partecipare con me ai festeggiamenti del centenario?"".

Ginger sorrise pudicamente. "Che pensiero gentile. Ma non vorrei toglierti dal mercato, Oliver. Troppe altre donne vogliono ballare con te. Come potrei deluderle?"".

Kai sorrise. Dopo che Oliver se ne fu andato, disse: "Non ne fanno più, di uomini così. *Un onore e un privilegio?* Wow. Posso rubare quest'espressione per uno spettacolo?"

"È tutta tua", disse Ginger, sollevando il mento. "Potrebbe far bene sentirla, a quelli della tua generazione".

"Purtroppo, mi sa che bisognerà farla passare come una battuta", disse Kai. "E che modo elegante di rifiutare un appuntamento". Fece l'occhiolino alla nonna. "Sei pronta ad andare?".

Ginger guardò malinconicamente le sue amiche che chiacchieravano accanto al fuoco. "Di solito ballavamo fino all'alba qui sulla spiaggia. Non credo che nessuna di noi riuscirà a resistere così a lungo stasera".

"No, ma quei due potrebbero farcela", disse Kai, inclinando la testa verso Heather e Cruise.

Qualcuno aveva acceso la musica e Ginger ondeggiò su un'altra melodia. "Ricordo di averla ballata al *Ballo dei Diplomatici* a Parigi. Indossavo un abito di raso dorato veramente magnifico, perfetto con i miei capelli. Bertrand indossava un gilet di broccato dorato in tinta. Era così bello da togliermi il fiato. E oh, caspita… gli intrighi diplomatici di quel ballo hanno cambiato il corso della storia, te lo dico io". Fece una pausa, riprendendo fiato. "Si è giovani una volta sola. Ma nella tua mente, puoi esserlo per sempre".

Marina mise le braccia intorno alla spalla di Ginger, preoccupata che potesse esagerare. "Hai dei ricordi bellissimi. Ci piace ascoltarli. Mi racconteresti di più davanti a una tazza di tè stasera?".

Ginger alzò un dito. "Ho un'idea migliore. Potremmo parlare tutta la notte come facevamo una volta. Con Jack lontano, non devi tornare a casa, vero?".

Marina scosse la testa. "Mi piacerebbe stare con te". Da Ginger, nella sua ex stanza, aveva ancora dei vecchi vestiti appesi.

Kai si rivolse a Marina. "Ho la sensazione che questa festa sia appena iniziata".

Passando un braccio intorno a Kai, Axe disse: "Perché non ti unisci a loro, tesoro? Ho quel lavoro di costruzione da finire domattina presto, quindi devo andare a casa il prima possibile".

"Sei sicuro che non ti dispiaccia?", chiese Kai.

"Vai a divertirti", rispose Axe, baciandola. "So dove sei, se ho bisogno di te".

"Allora è deciso", disse Ginger. "Faremo un pigiama party. Peccato che Brooke non ci sarà".

Le tre donne salirono sull'auto di Ginger e Marina guidò. Prese la strada della spiaggia per tornare a casa di Ginger, il Coral Cottage. Per decenni, la vecchia casa sulla spiaggia aveva sfoggiato una vivida tonalità di corallo facilmente visibile dal mare.

La vita di Marina era cambiata, ma quella casa racchiudeva tanti ricordi per lei e le sue sorelle. La loro nonna era riuscita sia ad essere un'ancora di salvezza per le loro vite che a farle volare. Ginger Delavie era una donna rara e piena di sorprese.

Quella notte non sarebbe stata diversa da com'era lei, sospettava Marina, chiedendosi che cosa avesse in mente la nonna.

3

"Che bella serata", disse Ginger mentre lei, Marina e Kai si avvicinavano alla vecchia casa sulla spiaggia che aveva battezzato Coral Cottage, decenni prima. "Un tempo avrei potuto ballare tutta la notte".

Marina mise amorevolmente un braccio intorno alla nonna. "Ci sei quasi riuscita".

"Danzate nella vita quando potete, mie care". Ginger aprì la borsa.

"Me ne ricorderò", disse Marina ridendo.

"Ora, dove sono le mie chiavi?". Ginger fece un verso con la lingua.

Kai aprì la sua borsa con i lustrini. "Aspetta, ho le mie a portata di mano".

Mentre aspettava, Marina si soffermò ad ammirare la luna piena e paffuta e il suo riflesso increspato sulle onde che si infrangevano. Il loro flusso costante offriva una rilassante colonna sonora, riportando la memoria di Marina alle pigre estati dell'infanzia.

In piedi sulla veranda, un altro ricordo le balenò nella

mente: quello di essere arrivata lì in una notte simile, dopo un lungo viaggio da San Francisco.

Questa sera non avrebbe potuto essere più diversa. Allora, il suo cuore e il suo orgoglio erano stati devastati dalla perdita del posto di conduttrice televisiva e del fidanzato nello stesso giorno, a causa di un'osservazione sprezzante fatta in onda da una collega. Certo, avrebbe potuto gestire la situazione in modo più professionale, ma era troppo coinvolta sentimentalmente.

Tutto ciò era ormai passato. Che differenza può fare un giorno, pensò Marina. Se non fosse stato per quella che le era sembrata una tragedia, forse non avrebbe mai incontrato Jack e non avrebbe avuto la nuova vita che oggi amava.

"Eccole", disse Kai, facendo tintinnare le chiavi. Aprì la porta.

Marina entrò dietro la nonna, grata della sua presenza nella sua vita. Nonna Ginger, diventata semplicemente Ginger quando Marina non riusciva a pronunciare l'intera espressione da bambina, era la costante della sua vita.

"Oh, che festa favolosa", disse Ginger, sfilandosi le scarpe di raso con tacco a spillo. "E la notte è ancora giovane".

Marina sorrise. Sua nonna era in vena di festeggiamenti. Le erano sempre piaciute la buona compagnia, le conversazioni intelligenti e i bravi compagni di ballo.

Ginger accese le luci. "Visto che restate entrambe, perché non vi mettete comode? Ho una sorpresa che vi piacerà".

"Sembra più un comando che una domanda". Kai si sfilò i sandali luccicanti e si rivolse a Marina.

Marina gettò da una parte anche i suoi robusti zoccoli

da lavoro. "Qui abbiamo ancora vecchi pigiami e vestiti da spiaggia".

"E ho una vecchia e deliziosa bottiglia di Margaux che tenevo da parte per una serata del genere". Ginger strizzò l'occhio. "Magari due. Chi mi aiuta ad aprirne una?".

La scala scricchiolò dietro di loro. "Ci penso io", disse Brooke.

Ginger si portò una mano al cuore. "Brooke, cara, mi hai fatto spaventare. Che cosa ci fai qui, in nome del cielo?"

"C'è troppo testosterone a casa mia". Brooke rabbrividì. "Chip ha invitato degli amici per ricostruire un'auto e tutti i ragazzi sono lì. C'era un incontro di boxe e loro urlavano contro la TV insultandosi a vicenda. Così, me ne sono andata. Non sentiranno la mia mancanza finché non avranno voglia di fare colazione".

"Hai mangiato qualcosa?", chiese Marina.

"Ho saccheggiato il frigorifero", rispose Brooke. "Sono stata di sopra a rilassarmi e a leggere libri sul giardinaggio. Non ho quasi mai la possibilità di farlo".

La loro sorella di mezzo coltivava ortaggi biologici che vendeva al mercato agricolo insieme ai prodotti da forno di Marina.

"Stiamo facendo un pigiama party", disse Kai. "Resta con noi. Visto che Heather ha preso la tua stanza, puoi stare con me nella mia di una volta".

Il volto di Brooke si illuminò. "Sembra divertente. Lo farò sapere a Chip". Lasciò le sue Birkenstock nell'angolo, con il resto delle scarpe tolte.

"Sono felice che sia tutto risolto". Ginger tirò fuori il vino d'annata e i suoi migliori bicchieri di cristallo.

Al piano di sopra, Marina si tolse la giacca da chef e Kai il vestito elegante. Si spazzolarono i capelli e si infilarono il pigiama di cotone morbido che avevano lasciato nelle loro vecchie stanze.

"Pronte", disse Marina mentre scendevano le scale.

Le quattro donne si riunirono in salotto sui divani rivestiti di tela bianca, disseminati di cuscini da spiaggia chiari. Kai accese le candele e Marina mise su la musica jazz preferita di Ginger.

Brooke stappò la bottiglia di vino d'annata. "Questo aroma è sorprendente. È ricco e delizioso". Versò un bicchiere e lo porse a Ginger. "Dimmi cosa ne pensi".

Ginger sorseggiò il liquido scuro, dal color rosso rubino. "Oh, sì. Squisito. Valeva la pena di aspettare".

Dopo che Brooke ebbe versato altri tre bicchieri, Ginger alzò il suo in un brindisi. "Adoro avere tutte le mie ragazze insieme", disse Ginger, alzando il bicchiere verso di loro. "A voi e a noi. Che rara delizia".

"Con il più raro dei vini e la più rara delle donne", aggiunse Marina, avvicinando il suo bicchiere a quello di Ginger.

"Dovremmo farlo più spesso", disse Kai. "Prima che io sia impegnata con i bambini". Fece un sorriso malinconico. "Spero di non aver perso la mia occasione".

"Dai, avete appena iniziato a provarci", disse Ginger. "E la scienza medica può essere di grande aiuto, se necessario".

Kai si mordicchiò il labbro. "Avete iniziato tutte molto prima di me. Rimanere incinta è più facile, quando si è giovani".

"Non necessariamente", disse Marina, accarezzando la mano della sorella. Non voleva che Kai abbracciasse quella mentalità, sebbene sua sorella potesse anche soffrire di un problema fisiologico.

Kai si sedette sul pavimento accanto al tavolino, piegando le lunghe gambe in posizione incrociata. "Sento che il tempo sta per scadere, quindi sto valutando altre opzioni. Io e Axe vogliamo davvero una famiglia di piccoli teatranti".

"E l'avrete, mia cara", disse Ginger. "In un modo o nell'altro. È sempre possibile creare ciò che si ha in mente, anche se non sempre è come lo si aveva immaginato all'inizio".

"Potresti prendere in prestito il mio trio di lupi", disse Brooke. "Ma potresti non volere più dei figli dopo aver trascorso una giornata con loro. Se ne avrò altri, saranno a disposizione".

Ginger appoggiò la mano sulla spalla di Kai. "Prendi un appuntamento con un medico. Così saprai se hai altri problemi. Anche Axe".

"Ne abbiamo già parlato", disse Kai, sorseggiando il suo vino. "Sai come sono gli uomini. In fondo, è un grande, adorabile cowboy del Montana. Non c'è niente di male in lui, ok?".

Ginger ascoltò pensierosa. "A volte gli uomini hanno bisogno di essere un po' pungolati".

Marina poteva quasi vedere gli ingranaggi girare nella mente di Ginger, e si chiese cosa avesse in mente la nonna. La conversazione si spostò su Brooke e i suoi tre figli.

"Almeno adesso ho più sostegno da parte di Chip", disse Brooke. "Crescere tre ragazzi non è una cosa per deboli di cuore, ma ora che mio marito si comporta come un adulto e non come uno di loro – a esclusione di stasera – la nostra vita domestica è migliorata".

"In che senso?", chiese Marina, stringendosi le ginocchia.

"Mi sento come se avessi di nuovo mio marito", confidò Brooke. "E i ragazzi stanno imparando a fare alcune cose che nella vita sono davvero importanti. Come il bucato, cucinare le cose essenziali e i lavori in giardino. Chip ha finalmente deciso che devono sapere come nutrirsi da soli e come cambiare i freni di un'auto".

Tutti risero, anche se Marina capì. "Preparare i bambini all'età adulta è un processo lungo".

"E Jack come se la cava?", chiese Brooke.

"In questo includo anche lui", disse Marina, sorridendo. "A volte non so chi devo sgridare per primo: Jack, Leo o Scout. Almeno Jack cerca di essere responsabile, e la madre di Leo è meravigliosa. Io e Vanessa stiamo diventando buone amiche. Per quanto riguarda Scout, beh, sono rassegnata al fatto che quel cane ci fornisce la nostra dose quotidiana di comicità".

"A Scout", disse Kai. "Abbiamo tutte bisogno di una bella risata".

Tutte alzarono il bicchiere per brindare a Scout.

Ginger sorrise. "Imparare a convivere con ciò che non possiamo cambiare è il segreto della saggezza. E ridere è una delle chiavi della longevità".

"Ma un cambiamento è spesso ciò di cui abbiamo bisogno", disse Marina, inclinando la testa. "Dopo che i gemelli sono partiti per l'università, è stato difficile stare da sola. Probabilmente è per quello che ero suscettibile alle attenzioni di Grady".

"E per questo motivo, ti sei presa il tuo tempo con Jack", disse Ginger. "Saggia decisione".

"È questione di adattarsi", disse Marina. "Al bar sono tutto il giorno in mezzo alla gente, e quando torno a casa, spesso mi ritrovo in mezzo al caos anche lì".

"Riesci a prenderti un po' di tempo per te?", chiese Brooke. "È per questo che ho iniziato a fare giardinaggio. Sono presente, ma fuori casa. Mi aiuta".

"Cerco di fare delle camminate sulla spiaggia", rispose Marina. "Un giorno vorrei costruire una terrazza panoramica sul tetto, per guardare il mare, il tramonto e rilassarci dopo che Leo sarà andato a dormire. Magari lo faremo per festeggiare il nostro anniversario".

"È una cosa che si avvicina per entrambe", disse Kai. "Abbiamo programmato un weekend romantico a Temecula. Vino, escursioni e mongolfiere: cosa potrebbe esserci di meglio?"

"Forse faremo qualcosa dopo l'intensa stagione estiva". Marina si chiese se lei e Jack avrebbero potuto fare una cosa simile. Ne avrebbe parlato con lui.

Ma il loro anniversario coincideva anche con il fine settimana dei festeggiamenti per il centenario di Summer Beach, e Leo era deciso ad andarci con suo padre e la sua amica Samantha. Si trattava di un grande evento in città per tutti.

Continuarono a parlare e a ridere. Dopo un po', Marina soffocò uno sbadiglio. Guardò l'orologio. Si stava facendo tardi, e Heather era ancora fuori.

Ginger seguì il suo sguardo. "Sei preoccupata per tua figlia?"

"Un po'", rispose Marina. "Sta spesso fuori così tardi?"

"No, con tutti gli impegni che ha", disse Ginger.

"È con Cruise", disse Kai, alzando le spalle. "Cosa c'è da preoccuparsi?".

Brooke lanciò un'occhiata a Kai. "Di tutto. Hai molto da imparare sull'essere genitore, ma al terzo figlio non ti stresserai più di tanto. È per questo che il mio più piccolo è a malapena addomesticato".

"Dubito che avrò il tempo biologico per farne tre", disse Kai. "A meno che non capitino due gemelli, come a Marina".

"Ricorda che ho avuto due primogeniti", disse Marina con tono deciso. "È già quella una sfida, di per sé". Fece scorrere un dito intorno al bordo del suo bicchiere di vino, godendosi lo scambio di battute con le sorelle.

"Doppio stress", disse Brooke. "Soprattutto perché eri da sola".

"Ginger, però, mi ha aiutato a superarlo". Marina mise un braccio intorno alla nonna. Stava ancora pensando a Heather.

"Non preoccuparti, cara", disse Ginger con dolcezza. "È una donna giovane e intelligente".

"Sto cercando di non farlo". Tuttavia, Marina sospettava che Heather non le stesse dicendo tutto, anche se sua figlia era adulta e aveva diritto alla sua privacy.

Almeno, era ciò che credeva la parte logica del suo cervello.

Marina parlò loro di Blake, il veterinario gentile che avevano incontrato sulla spiaggia. "Heather sembrava interessata, ma non so se si siano più sentiti. Speravo che Blake chiamasse o venisse a trovarci".

Kai fece roteare il suo vino. "Perché sei preoccupata per quel cuoco tatuato, vero? È terribilmente carino".

"Cruise ha talento, ma non credo che sia un potenziale fidanzato. Almeno per Heather". Marina toccò la mano di Kai. "Ti ammira da sempre. Ti ha confidato qualcosa su chi le interessa?".

Kai inclinò la testa. "No, ma voi vi parlate, vero?"

"Di solito". Anche se forse non lo faceva più. "Io ci sono sempre per lei, anche se ora non siamo sotto lo stesso tetto".

"Lei lo sa". Kai sollevò il sopracciglio. "Stai dicendo che sei preoccupata che Heather ed Ethan possano sentirsi trascurati dal momento che passi più tempo con Jack e Leo?".

Marina ci pensò. "Ai gemelli Jack piace, e sono sempre i benvenuti a casa nostra. Inoltre, ora hanno una loro vita. Non è questo l'obiettivo?".

Ginger annuì pensierosa.

Ethan condivideva un appartamento con un amico a San Diego. Con la mente rivolta al golf, stava vivendo la vita dei suoi sogni.

Marina e Jack avevano offerto a Heather la loro camera per gli ospiti, ma lei aveva preferito stare al Coral Cottage con Ginger. La cosa andava bene per tutti e Marina non doveva preoccuparsi che Ginger fosse sola.

Tuttavia, era in ansia per Heather. Avrebbe parlato presto con lei.

Brooke risistemò i cuscini dietro la schiena e si stiracchiò. "Hai sentito del carro del mercato agricolo che Cookie ha organizzato per la parata del centenario?".

Gli occhi di Kai si illuminarono di interesse. "Non l'ho visto, ma credo che ci stiano lavorando nel granaio di qualcuno. Sai di chi?"

"Marilyn e Bob, la coppia che vende erbe e frutta biologica al mercato", rispose Brooke. "Organizzano delle feste favolose, al loro ranch. Cookie è stata molto riservata al riguardo, quindi immagino che sarà spettacolare. Tutto ciò che Marilyn tocca viene fuori in modo splendido".

"E ho sentito che anche il carro di Java Beach sarà un

concorrente di tutto rispetto", aggiunse Ginger. "Mitch sta lavorando a un carro da spiaggia vintage. Tuttavia, credo che stia diventando troppo grande per il suo laboratorio".

"C'è un concorso per il miglior carro?", chiese Marina.

"Sta girando questa voce", disse Brooke.

La conversazione si spostò rapidamente sui progetti per i festeggiamenti. Con tutto quello che succedeva nella sua vita, Marina non si era tenuta al passo con tutti gli eventi, così le sorelle la informarono rapidamente sui diversi gruppi che avevano in programma di partecipare. Non c'è da stupirsi che Rhoda avesse un disperato bisogno di aiuto. "Una sfilata di carri allegorici è una grande impresa".

"Lungo tutta Main Street". Kai rise. "Ma non si tratta di carri supertecnologici, in stile newyorkese. Ho incontrato Jen da *Nailed It* e mi ha detto che la gente li sta costruendo su dei rimorchi che possono essere trainati da dei pickup. Tuttavia, il lavoro svolto per questi carri è una cosa stravagante, per Summer Beach".

"In una comunità qui vicino c'è stata una parata qualche anno fa, prima che voi ragazze tornaste", spiegò Ginger. "Quindi l'asticella è stata posta piuttosto in alto. Ci saranno tutti in città. E molti visitatori".

"Dove stanno costruendo questi cosi?", chiese Marina.

"Dove possono", rispose Ginger. "Nei vari garage, immagino".

"Ma non tutti ne hanno uno". Marina non era coinvolta, ma aveva un'idea. "Carol e Hal hanno un magazzino, un vecchio impianto di imballaggio della frutta che usano per registrare e filmare. Forse potrebbero far lavorare la gente lì dentro, in caso di pioggia. Vengono spesso al locale, quindi potrei chiedere a loro".

"Idea brillante", disse Ginger, guardandola con ammirazione.

"Penso che l'intero evento sia davvero emozionante". Gli occhi di Kai si spalancarono per l'emozione. "I nostri vicini stanno decorando delle golf car e delle biciclette per bambini. Axe e io ci esibiremo in alcune canzoni per presentare il nostro prossimo musical. L'unico intoppo in tutto questo è Rhoda. Si dice che se ne sia andata".

"Aveva dei problemi in famiglia". Marina sospirò, a sentire il nome di quella donna.

Kai alzò le spalle. "Immagino che la gente possa mettersi in fila, percorrere Main Street e chiamarla parata".

"C'è molto di più dietro", disse Marina, sorpresa da quella soluzione semplicistica di Kai. "Qualcuno dovrà dirigere il traffico e fare attenzione agli ingorghi. I partecipanti saluteranno gli amici tra la folla e forse non presteranno attenzione a dove stanno andando. I bambini in bicicletta potrebbero essere investiti dai carri o dalle auto. Potrebbe essere molto pericoloso".

"Esattamente", disse Kai, fendendo l'aria con la mano. "Vedi? Tu tieni presente tutte queste cose. Non ci avevo nemmeno pensato".

Un rapido sguardo passò tra Kai, Ginger e Brooke. "Oh, no", disse Marina alzando i palmi delle mani. "Non ho intenzione di offrirmi volontaria".

"Hai delle buone idee", pensò Ginger, facendo roteare il vino nel bicchiere. Un sorriso le incurvò le labbra.

Brooke annuì con entusiasmo. "Marina, sei una brava organizzatrice. Oltre al tuo locale, ricordi quell'evento, il *Taste of Summer Beach*?".

All'improvviso, Marina sentì un formicolio sul collo,

come se fosse appena stata incastrata in una specie di piano. "Davvero, non credo di poter rendere giustizia alla situazione".

"Pensaci, almeno", disse Kai, lanciandole un cuscino.

"Ehi", disse Marina, schivando il cuscino e tenendo alto il bicchiere di vino. "Se sprechi questo Margaux, dovrai rispondere a Ginger. E cambiare i copridivano".

Mentre le altre ridevano e parlavano, Marina sorseggiava il suo vino, riflettendo sul problema di Summer Beach. Doveva accettare quel progetto? Organizzare la comunità per un evento così festoso e felice poteva essere divertente, ma il centenario cadeva anche nel giorno del suo primo anniversario. Sarebbe stato molto, da chiedere a Jack.

Se se ne fosse almeno ricordato, s'intende. Finora, non ne aveva parlato affatto.

4

*J*ack esitava accanto a un tavolo all'aperto in un caffè di lusso nella trafficata Santa Monica, vicino alla spiaggia. Leggermente sorpreso, si guardò intorno. Era davvero quello il posto scelto da Chaz? Si trovava così in vista.

Scout si appoggiò alla sua gamba, come se percepisse che si trovavano nel luogo sbagliato.

Dopo un attimo, Jack prese una sedia di ferro battuto sotto un ombrellone giallo senape e si accomodò. "Giù, bello".

Scout si lasciò cadere sulle scarpe da ginnastica di Jack, ansimando.

Alle sue spalle, una voce allegra cinguettò: "Cosa posso portarti oggi?".

Alzò lo sguardo verso una giovane donna che si fece avanti. "In realtà, sto aspettando qualcuno. Ma forse non sono nel posto giusto".

"È lui, forse?", gli chiese, mettendosi di lato.

Un uomo dai capelli grigio acciaio, perfettamente

acconciati, sollevò il mento verso Jack. Sarebbe potuto passare per un modello sulla copertina di una rivista maschile di salute e benessere.

Chaz era diventato brizzolato da quando Jack lo aveva visto l'ultima volta, ma si vestiva ancora in modo impeccabile. Da quanto tempo non si incontravano? Quasi un decennio. L'ultima volta, era stato durante il processo di cui Jack si era occupato.

L'uomo più anziano lo raggiunse. "Sei puntuale come sempre, Jack".

Chaz aveva ancora il suo accento da collegio del New England. "Anche tu. Grazie per aver accettato di incontrarmi".

"Come sei vestito?". Chaz sollevò un sopracciglio, con lieve disprezzo.

"È un gilet da pesca", disse Jack, abbassandosi il cappello da baseball sulla fronte. Provò una fitta di senso di colpa per quello che aveva detto a Marina, ma non voleva farla preoccupare.

"Avevi sempre un aspetto un po' stropicciato in aula". Chaz spazzolò un piccolo pezzo di lanugine dalla sua impeccabile giacca rifinita a mano che doveva essere rimasta via da qualche parte per anni. "Avrei preferito incontrarci al Country Club di Los Angeles, ma sembra che la mia iscrizione sia decaduta mentre ero via. Meglio così, suppongo. Non avrei potuto portarti lì vestito in quel modo. O con quella creatura incollata ai piedi".

Jack soffocò un sorriso. Per *via*, Chaz intendeva in prigione. Un tempo, gestiva denaro per clienti di alto profilo. Lavorava per suo suocero, che Jack aveva contribuito a far arrestare, smascherando i suoi traffici finanziari.

Durante il periodo di detenzione, Chaz aveva tenuto

dei seminari sul bilancio e sugli investimenti per i detenuti e aveva ottenuto la libertà anticipata per buona condotta.

"Lui è il tuo compare?". Chaz allungò una mano curata verso Scout, che lo scansò. "Zoppica come me".

"È stato investito da un'auto prima che lo adottassi". Jack intrecciò le mani sul tavolo. "Hai detto che hai delle informazioni per me?"

"Mangiamo, prima. Perché tanta fretta?". Fece un cenno verso un cameriere e sollevò due dita.

Jack si spostò. "Non ho molto tempo".

"Che altro c'è? La mia vita sociale non è più densa di appuntamenti come una volta", disse Chaz. "Non c'era nessuno ad aspettarmi quando sono tornato. Nessun lavoro, famiglia o amici degni di tale nome. Grazie a te".

Jack tenne a freno la lingua. È buffo come la gente incolpi gli altri, quando viene beccata. Tuttavia, Jack aveva anche scoperto informazioni che avevano ridotto la pena di Chaz. Che, per riconoscenza, era diventato una sua fonte. Forse perché non aveva nessun altro.

"Sei un tipo intelligente", disse Jack. "Puoi rifarti una vita. E gli amici che ci sono solo quando sei pieno di grana non sono veri amici".

"Che modo di dire colloquiale". Chaz gli rivolse un sorriso divertito. "Nella mia vecchia cerchia, quelle che tu chiami amicizie si basano sul vantaggio reciproco. I soldi che ci sono già servono solo a farne di nuovi da aggiungere al piatto. Tuttavia, nel mio caso, anche le persone migliori si sono dimostrate volubili. Ecco perché oggi sono libero di venire a trovarti".

Un cameriere apparve con due bicchieri ghiacciati, colmi di un cocktail che aveva lo stesso colore di un tramonto estivo, guarniti con arance. Li appoggiò sul tavolo.

"Cos'è?", chiese Jack.

"Un Aperol Spritz", rispose Chaz. "Profuma d'Italia, ed è molto rinfrescante in estate. A proposito, anche le escargot sono molto buone qui".

Jack poteva stare al gioco. "Uno dei miei piatti preferiti". Sarebbe stato in grado di mandare giù un paio di lumache, purché fossero immerse in una marea di burro all'aglio.

Quando il cameriere se ne andò, Jack chiese: "Cosa c'è di così importante, per volermi incontrare dopo tutti questi anni?".

Chaz sospirò. "Vai sempre dritto al punto. Ho sentito che hai fatto delle domande. Conosco un uomo... chiamiamolo Jersey. *Mr. Jersey*, per rispetto".

Jack sollevò un sopracciglio. "Dovrei conoscerlo?"

"Ne dubito. Ha un socio. Si muove in ambienti finanziari piuttosto sofisticati. Dove si gioca secondo alcune nuove strategie, e altre più vecchie".

"Bitcoin?" Jack azzardò. "Insider trading?"

"Più interessanti". Chaz estrasse dalla tasca interna della giacca un piccolo biglietto da visita color avorio e lo fece scivolare sul tavolo.

Jack lo guardò e lo rimise rapidamente giù. Il suo battito accelerò, percependo la gravità della situazione. "Perché mi stai parlando di lui?"

"Forse sto cercando di redimermi".

"O di vendicarti".

Chaz scosse la testa, come se fosse deluso da quell'affermazione. "Dove sono finite le tue buone maniere?".

Scout si avvicinò alla gamba di Jack come per proteggerlo. *Chaz mi sta forse prendendo in giro o è tutto vero?*

Il sorriso di Chaz svanì. "È una notizia importante, Jack. È da un po' che non hai una bella storia di cui parlare".

"Da quando in qua ti interessi della mia carriera?"

"Mi sono trovato con molto tempo a disposizione, per così dire".

"Davvero, perché proprio adesso?".

Chaz lo scrutò. "Sono seriamente intenzionato a redimermi. Per il bene della mia famiglia".

"Sei malato?" Alcune vecchie informazioni gli tornarono alla mente e Jack ricordò che la madre di Chaz era una persona piuttosto devota. Anche se ormai non c'era più, aveva assistito al processo sempre vestita di nero, con il capo coperto e il libro delle preghiere in mano. Forse stava cercando un biglietto d'ingresso per il paradiso.

"Nessuno vive per sempre, quindi dovremmo cercare di farlo al meglio, finché siamo qui", disse Chaz pensieroso. "Ma c'è gente che non se lo merita".

Ora sì che stavano facendo progressi, pensò Jack, sporgendosi in avanti. "E chi sarebbe?"

"Tutti quelli che si approfittano delle vedove e degli orfani o che prosciugano i risparmi di una vita dei lavoratori".

Jack strinse gli occhi. "Redenzione, eh?"

"Per entrambi". Chaz alzò una mano.

"Io ho la coscienza pulita". Jack poteva dirlo e pensarlo sul serio.

A parte Leo, che era una situazione ormai chiarita, e un paio di *passi falsi* con Marina, Jack era a posto. A meno che non ci fossero altre persone come Leo nel suo passato.

Ma era sicuro che non ci fossero. Era stato attento;

magari non era stato un buon fidanzato di lunga data, preso com'era a inseguire storie in giro per il mondo, ma non era un tipo da avventure di una notte. Tranne che con Vanessa.

Ora poteva ammettere quella sua fragilità, anche se non sarebbe successo di nuovo. Non con Marina nella sua vita.

Chaz scrollò le spalle. "Forse ci sono cose che hai dimenticato".

Jack lo fissò. "Seriamente, ne dubito", disse, passando all'attacco. "E se qualcuno fabbrica delle informazioni su di me...".

"Non ti scaldare". Quando Chaz alzò il palmo della mano, un gemello d'oro con delle incisioni brillò alla luce del sole, sul bordo leggermente sfilacciato della sua camicia su misura. "Non è affatto ciò che intendevo". Tirò un sospiro. "Diciamo che ho un interesse specifico".

"Vuoi parlarmene?".

Chaz gli rivolse un sorriso tirato. "No, non mi va". Di nuovo, si frugò in tasca e tirò fuori un biglietto da visita per Jack. "Potrebbe esserci un altro Pulitzer nel tuo futuro".

Jack lo fissò. "Che cos'è?"

"Una briciolina. Confido che la seguirai e troverai una nuova serie di colpevoli. Mi scoccia dirlo, ma sei piuttosto abile in queste cose".

Jack sentì un brivido improvviso alle sue parole, ma proprio in quel momento apparve il cameriere e mise sul tavolo due piatti caldi di escargot.

Trasalendo, Jack fissò il piatto fumante. Non poteva starsene lì a chiacchierare con un uomo dalla mente così acuta e criminale da fargli accapponare la pelle. O mandare giù un piatto altrettanto sgradevole. Erano mesi che non desiderava una sigaretta, ma Chaz gli fece tornare la voglia.

Mordendosi il labbro contro quella sensazione, Jack si chinò in avanti. "Anche se apprezzo che tu mi abbia indicato questa pista, devo andare. Fammi sapere se ti viene in mente qualcos'altro".

"Credimi, sarà sufficiente. È un peccato che tu debba andare proprio quando sono arrivate le escargot. I pesci hanno forse un orario?".

Jack ignorò la frecciata. "Mi sa che vale più per te, Chaz".

Si alzò e si allontanò dal tavolo, con Scout che gli trotterellava accanto. Attraversò il patio e vide la loro cameriera al bancone. Tirò fuori dalla tasca una carta di credito. "Può mettere il conto su questa, per favore?"

"Certo", rispose lei. Mentre la cameriere se ne occupava, Jack si voltò verso Chaz. "Devo andare. Conosce qualcuno che vorrebbe unirsi a lui?".

Sorrise. "Vorrei che fosse così. Sembra sempre solo. È un peccato, visto che all'epoca aveva tanto successo. Pover'uomo. Ha visto qualche suo film?".

Anche Jack era quasi dispiaciuto per lui. Per il momento, si sarebbe accodato a qualsiasi storia Chaz stesse raccontando alla gente. "Tutti", disse.

Dopo aver portato a termine ciò che si era prefissato a Santa Monica, Jack tornò in auto a Summer Beach. Voleva fare una sorpresa a Marina, ma lei aveva chiamato per dire che sarebbe rimasta a casa di Ginger con le sue sorelle. Sembrava così emozionata e felice che decise di lasciarla divertire. Inoltre, aveva bisogno di una buona notte di sonno.

Ammesso di riuscire a riposare, dopo l'inquietante

incontro con Chaz.

La mattina dopo, gli arrivò un messaggio sul telefono. Era Vanessa, la madre di Leo. Jack si mise a sedere sul bordo del letto e si strofinò il viso.

Rispose. *Leo sta bene?*

Sì, ma vuole che tu lo venga a prendere prima. È possibile?

Jack avrebbe fatto qualsiasi cosa per Leo. *Una mezz'ora?*

Vanessa era d'accordo. Poi chiamò Marina, che sembrava ancora assonnata. "Com'è andato il tuo pigiama party?"

"Divertente, ma stamattina lo sento tutto. Com'è andata la pesca?"

"Non granché, così sono tornato a casa prima. Mi sei mancata". Gli piaceva sentire la sua voce la mattina presto, prima che le faccende della giornata rubassero la loro attenzione. Parlarono per qualche minuto. Lei sarebbe tornata a casa solo più tardi, così lui le promise di passare al locale.

Jack si fece la doccia e si vestì, lasciando i capelli umidi. Mentre si infilava una maglietta sulle spalle, pensò a ciò che aveva detto Chaz.

Forse aveva qualche ruga, ma era felice così.

Aveva accettato quell'incarico per mettere da parte i soldi per Leo e avere un po' di margine per Marina. Si avvicinava anche il loro anniversario. Quando lavorava al giornale di New York, un'assistente lo aiutava con l'agenda dei suoi impegni. Non voleva che Marina pensasse che avesse dimenticato il loro anniversario, anche se doveva essere sicuro della data. Magari controllando la loro licenza di matrimonio, sempre che fosse riuscito a trovarla.

Si infilò un paio di sandali, prese le chiavi e uscì dalla porta. Un semplice abbigliamento da spiaggia era sufficiente a Summer Beach.

La voce di Vanessa risuonò attraverso la finestra aperta. "La porta è aperta, entra".

Jack entrò nella sua casa, sentendosi fuori posto. La stanza era splendidamente arredata con morbide poltrone imbottite, mobili informali e vivaci opere d'arte messicane da collezione ereditate dai genitori. I fiori riempivano i vasi e profumavano l'aria.

Vanessa aveva sempre avuto una certa raffinatezza. Jack non avrebbe potuto scegliere una madre migliore per suo figlio, non che ne fosse consapevole all'epoca. *Una notte furtiva, alla vigilia di quello che avrebbe potuto essere il loro ultimo giorno di vita...*

Lui e Vanessa erano stati amici e colleghi prima che lei lasciasse il suo impiego come giornalista. Ora erano co-genitori di Leo. Quasi due anni prima, Jack aveva saputo di avere un figlio. Da allora, aveva lasciato il suo stressante lavoro e si era ripromesso di trovare il tempo per Leo.

Come lui, anche Vanessa si era sposata. Noah era un medico ricercatore e aveva un incarico importante. Conoscerlo le aveva salvato la vita.

"Buongiorno", disse Vanessa entrando nella stanza. La sua gonna a fiori le sfiorava le caviglie. Ora aveva un aspetto più simile a quello di una volta. I capelli le erano ricresciuti, anche se li portava con un elegante taglio corto anziché con lo stile lungo e ondulato che aveva un tempo. Era ancora più snella di prima, ma fortunatamente non aveva più l'aspetto smunto causato dalla malattia.

Soprattutto, nei suoi occhi scintillava di nuovo la voglia

di vivere. Portava un rossetto rosa acceso che si intonava alla camicetta e al rossore felice delle sue guance.

"Leo sta facendo la valigia", disse lei. "Devo incontrare Noah all'aeroporto e Leo voleva vederti il prima possibile. Spero che non ti dispiaccia".

"Mai. Io per Leo ci sono sempre".

Vanessa indicò con un gesto una poltrona imbottita del soggiorno. "Posso portarti qualcosa da bere?"

"No, sto bene così, grazie". Si accomodò. "Sto lavorando di nuovo a una storia", aggiunse, avventurandosi nel territorio professionale che un tempo avevano condiviso.

"Davvero?"

"Sembri sorpresa".

Vanessa aggrottò la fronte. "Ti sei occupato di alcuni incarichi difficili. So che ti danno soddisfazione, ma è saggio ora, con la tua nuova vita?"

"Sei preoccupata per il bene di Leo". Jack ci aveva già pensato. "Non devi. Non sto indagando su questioni così pericolose. Niente guerre, niente colpi di stato, niente viaggi all'estero, niente pallottole sferzanti. Solo storie di colletti bianchi".

Vanessa inarcò un sopracciglio e considerò quell'affermazione. "Quando c'è di mezzo il denaro, è possibile trovarsi in situazioni pericolose. Lo sai bene quanto me".

Jack si spostò, sentendosi a disagio sulla poltrona. "Il rischio c'è sempre. Ma cosa vuoi che faccia, Vanessa? Mi piace illustrare i libri di Ginger, ma sappiamo entrambi che sono preparato per fare qualcosa di più. La mia missione è fare la differenza. E devo mettere da parte dei fondi per l'istruzione di Leo".

"Non è necessario che tu lo faccia", disse Vanessa.

"Certo che sì", disse Jack, irritato. "Sono suo padre e

sono molto indietro in questo lavoro, grazie alla tua decisione".

Vanessa alzò le sopracciglia. "Volevo dire che i miei genitori hanno preso accordi finanziari per l'istruzione di Leo nel loro testamento. Avrà accesso a tutto ciò di cui ha bisogno. So di avertelo detto".

"È vero". Anche se avrebbe dovuto essere un sollievo, Jack continuò ad aggrottare la fronte. "Non mi sto sottraendo al mio dovere. Sono suo padre e ho accettato questa responsabilità. Provvederò alla sua educazione".

"Non volevo insinuare che non lo avresti fatto". Vanessa lo guardò a lungo. "Capisco che questo possa ferire il tuo orgoglio. Ma ricorda che non ho mai voluto nulla da te. Se non fossi stata così gravemente malata, non ti avrei mai contattato". Alzò una mano prima che Jack potesse protestare. "Mi rendo conto che anche quello è stato un errore".

Jack ci aveva ripensato molte volte. Aveva perdonato Vanessa per quella decisione, ma questo non gli aveva restituito gli anni persi con Leo. I primi passi di suo figlio, il suo primo giorno di scuola, il suo primo tutto: Jack si era perso così tanto.

Tuttavia, dovette fare una domanda difficile. "Ora che la tua malattia è in remissione, ti penti di avermi contattato?".

Un piccolo sospiro sfuggì alle labbra di Vanessa. "Era la cosa giusta da fare. Se fossi morta, avrebbe avuto bisogno di te. Ho sempre saputo che saresti stato lì per lui se te l'avessi chiesto".

Jack si guardò le mani. "Quindi, stai dicendo che se non fossi stata malata, non avrei mai saputo di lui?".

Vanessa lanciò un'occhiata all'orologio. "Jack, ne

abbiamo già parlato".

Lei aveva ragione. Tuttavia, più si avvicinava a Leo, più si risentiva del fatto che Vanessa gliel'avesse nascosto. Perché ora conosceva la gioia di cui era stato privato.

"Ammetto che scoprire di avere un figlio di dieci anni è stato uno shock. Mi ci è voluto un po' per abituarmi. Ma ora voglio essere un vero padre per lui. Non solo un piano B. Presto ne avrà dodici, e prima che ce ne accorgiamo, partirà per l'università".

Vanessa rimase in silenzio per un momento. "Capisco il tuo punto di vista. Sono stata egoista, tenendolo per me. Capisci il motivo per cui l'ho fatto".

"Naturalmente". Jack annuì. Era impresso a fuoco nella sua mente. "I tuoi genitori non mi avrebbero accettato e tu non volevi sposarti. Ma ora, eccoti qui, sposata, dopo tutto".

"Non credevo di potermi innamorare così profondamente". Vanessa sorrise. "Nulla contro di te, naturalmente. Eravamo colleghi e amici. E ora spero che potremo rimanere amici e co-genitori".

Leo entrò di corsa nella stanza. "Papà, sei venuto". Mise le braccia al collo di Jack.

"Sono sempre qui per te, figliolo".

"Prendo la mia borsa", disse Leo, tornando di corsa nella sua stanza.

Vanessa gli mise una mano sul braccio. "Stai attento. Leo ha bisogno di te, adesso".

Jack soffocò una risposta e annuì. Doveva ancora lavorare sulle sue capacità genitoriali, ma era determinato a diventare un padre migliore. E un marito migliore. La domanda era: come avrebbe potuto conciliare quei desideri con i rischi del suo mestiere?

5

"Due porzioini di tacos di pesce per i miei migliori clienti", disse Marina, posando un paio di piatti color corallo sul tavolo rustico della cucina all'aperto. Jack e Leo guardarono il cibo con appetito.

Ogni piatto conteneva dei tacos disposti ad arte e farciti con mahi-mahi alla griglia, cavolo croccante, lattuga tagliuzzata e avocado a fette con un filo della sua salsa speciale.

"Mmmm", disse Leo, saltando sulla panchina.

Jack le prese la mano. "Lo apprezzo molto, tesoro".

"È il mio mestiere". Marina si chinò per un rapido bacio. "E perché non dovrei dare da mangiare a due dei miei uomini preferiti?". Insieme a Ethan, naturalmente. "Dovreste venire più spesso".

"Quando lavoro, non ci penso quasi mai", disse Jack. "Di solito c'è qualcosa nel frigorifero".

"Faccio sempre in modo che ci sia. Hai bisogno di carburante dopo le corse mattutine con il sindaco". Nel corso dell'ultimo anno, avevano stabilito le loro rispettive routine. Sebbene gli orari di Marina al locale fossero più prevedibili di quelli di Jack, lui doveva anche occuparsi di Leo.

Durante l'estate, Jack lo portava spesso a pranzo, come aveva fatto quando si frequentavano. Quando Leo era con sua madre, Jack a quell'ora lavorava spesso.

Ma ultimamente Marina sentiva che qualcosa stava pesando sulla mente di Jack. Non aveva parlato molto della storia che stava scrivendo. Marina non sapeva se fosse il suo solito modo di lavorare o se sentisse di non potersi confidare con lei. Non voleva sembrare una ficcanaso e rispettava la riservatezza che lui concedeva alle sue fonti. Tuttavia, sembrava preoccupato.

Jack addentò il taco e bevve subito. "Oggi è piccante. Troppo per te, Leo?"

"Sì, ma sono buoni. Non lasciare che Scout ne mangi". Leo sorrise a Marina.

Lei colse quello sguardo, ricordando quando Scout era entrato in un ristorante ansimando dopo aver mangiato uno dei tacos di Jack. Tuttavia, i clienti preferivano decidere loro stessi quanto fossero piccanti.

Marina si rivolse al suo cuoco. "Cruise, hai fatto qualcosa di diverso dal solito con il condimento?".

Il giovane arrossì. "È solo qualcosa di nuovo che ho preparato". Le porse un pezzo di pesce appena tolto dal fuoco. "Che ne pensi?"

Marina prese il pezzo. "È buono, ma è più piccante di quanto i clienti si aspettino, quindi dovremmo annotarlo sul menu. I clienti vogliono che i loro piatti preferiti abbiano lo stesso sapore. Fammi sapere prima di rifarlo".

Si rivolse a Jack. "Tu e Leo volete che sostituisca quei tacos con qualcosa di più delicato?".

Leo scosse la testa. "È buono", disse Jack, scolandosi il bicchiere d'acqua.

"Si vede". Non voleva fare una scenata davanti a loro due, ma non era la prima volta che Cruise modificava le ricette a sua insaputa. Diversi piatti erano stati riportati in cucina a causa delle sue modifiche.

Riempì una brocca d'acqua e la mise sul tavolo per Jack e Leo. "Ne avrete bisogno".

Heather entrò in cucina. "Ehi, mamma. Ho una richiesta di avocado e salsa extra per i tacos del tavolo quattro. Hanno detto che ti conoscono".

Marina si sporse dal bancone e salutò in segno di riconoscimento. Ormai aveva molti clienti abituali. "Non aggiungerli al conto".

In quel momento entrò un uomo alto e di bell'aspetto che non riconobbe. Aveva i capelli biondo dorato e le spalle larghe. Eppure, c'era qualcosa di familiare in lui.

Poi si ricordò.

"Heather, quello è Blake? Il veterinario acquatico che abbiamo incontrato in spiaggia".

Le labbra della figlia si schiusero e lei si girò di scatto. "Certo che è lui".

"C'è qualcuno insieme?"

"Non credo".

"Digli di raggiungerci al tavolo dello chef. Non dovrebbe mangiare da solo".

Leo alzò lo sguardo. Il suo bel viso era imbrattato di salsa. "Il ragazzo che ha salvato i leoni marini?".

Marina lanciò un altro tovagliolo a Jack, che pulì il viso di Leo in un colpo solo.

"Ci penso io, papà". Leo sembrava un po' imbarazzato.

"Lo so. Ti sto solo dando una mano". Jack gli arruffò i capelli.

Marina sorrise a quello scambio di battute. Leo era ancora un bambino disordinato, ma stava diventando più consapevole di sé. Faceva parte della crescita, come ricordava. Con i suoi gemelli praticamente indipendenti, le piaceva avere Leo intorno. Le toglieva un po' la sensazione di trovarsi in un nido vuoto.

Jack non era interessato a creare una famiglia perché aveva Leo. Per Marina andava bene così. Il pensiero di avere altri figli non era incoraggiante. Tra Jack, Leo e il suo locale, aveva già molto da fare.

Heather e Ethan erano impegnati a vivere la loro vita, anche se lei continuava a dare loro il sostegno emotivo. La sua vita era piena come voleva, e le piacevano i progressi che stavano facendo per diventare una famiglia allargata. Non aveva mai pensato di poter amare qualcuno tanto quanto aveva amato Stan.

Mentre versava altra salsa in un piatto e disponeva gli avocado a fette, lanciò un'occhiata al suo bel marito, che quel giorno aveva un aspetto leggermente stropicciato e i capelli in disordine. Sorrise a se stessa: lei e Jack erano perfettamente imperfetti l'uno per l'altra.

Marina sistemò i piatti su un vassoio per Heather. "Ecco qua". Alzò lo sguardo, incrociò quello di Blake e lo salutò.

"Torno dal nostro salvatore di leoni marini". Heather prese l'ordine e uscì dalla cucina.

Pochi istanti dopo tornò, conducendo Blake nella zona della cucina. L'intuito di Marina ronzava e notò che le guance di Heather erano arrossate, con una sfumatura di rosa. Forse Blake non era lì solo per il cibo.

Anche Cruise si girò, notando la cosa.

"A che punto è quell'ordinazione, Cruise?", chiese Marina.

"Arriva subito". Il giovane tornò al lavoro.

Blake sorrise quando li vide tutti. "Avevo degli affari da sbrigare nelle vicinanze, così ho pensato di fermarmi per il pranzo. È bello rivedervi tutti".

"Siamo felici che tu sia venuto", disse Marina, osservando la reazione di Heather. Sembrava un po' nervosa.

Blake lanciò un'occhiata alla cucina. "Quindi questo è il tuo habitat naturale. Molto bello".

"È un piacere vederti", disse Jack. "Siediti al tavolo di famiglia. Non si sa mai chi potrebbe passare, qui. Hai detto che ci eri già stato?"

"Ho conosciuto degli amici qui qualche mese fa". Blake si sistemò al tavolo e si rivolse a Heather. "Cosa c'è di buono oggi?".

Heather indicò una lavagna con le specialità del giorno. "Tacos di pesce, insalata di gamberi, pizza ai frutti di mare. Abbiamo anche *slider* di tacchino e patatine dolci". Tirò fuori un menu stampato da un portalistino. "E tutto quello che vedi lì".

"I tacos di pesce sembrano buoni. Li prendo".

"Oggi sono un po' piccanti", avvertì Marina, dando uno sguardo a Cruise.

Blake sorrise. "Meglio ancora".

"Ok, ottima scelta", disse Heather. "Come sta la famiglia di leoni marini?".

Mentre Heather gli versava un bicchiere d'acqua, lui sorrise, osservando i suoi movimenti. "Abbiamo curato il piccolo per farlo tornare in salute. Pensiamo di liberarli presto. Visto che siete stati voi a trovarli, vi piacerebbe essere presenti alla loro liberazione?"

"Sarebbe fantastico", disse Heather. "Quando?"

"Controllerò e ti farò sapere. Dovrebbe essere tra qualche giorno".

"Mi piacerebbe molto". Heather arrossì di nuovo. "È meglio che dia un'occhiata ai miei tavoli".

Leo si voltò verso Jack. "Possiamo andare anche noi?"

"Vedremo", rispose Jack. "Tua madre ha organizzato quei campi estivi per te".

"Oh, sì". Leo sembrava deluso.

Blake si avvicinò a Leo. "Se non potrai esserci, ti farò un video. E potrai venire a trovarmi un'altra volta".

"Ok. Bene". Leo si accontentò e tornò a divorare i suoi tacos.

Cruise fece scivolare il pesce alla griglia su un piatto e lo passò a Marina affinché completasse la ricetta. Mentre lei lavorava, Jack chiese a Blake della sua visita.

"Ho incontrato un gruppo di persone interessate a finanziare la ricerca e il soccorso marino qui a Summer Beach", disse Blake. "Mi hanno fatto un'offerta per coordinare gli sforzi".

Jack chiese: "Questo significa che ti trasferisci qui?"

"Non ho ancora accettato l'incarico", disse Blake. "Ma ci sto pensando seriamente".

Heather tornò ad ascoltare la conversazione. L'ora di pranzo era finita, anche se alcune persone si attardavano per godersi il sole.

Blake non era molto più grande di Heather, ed erano chiaramente attratti l'uno dall'altra. A Marina piaceva, o almeno quello che aveva visto di lui fino a quel momento.

Lanciò un'occhiata a Jack e si scambiarono un piccolo sorriso.

Marina si pulì le mani su un asciugamano. "Heather, non siamo più così impegnati. Perché non fai una pausa, e parli con Blake mentre io pulisco?".

Heather sorrise e si sistemò una ciocca di capelli dietro l'orecchio. "Posso avere un taco, mamma?"

"Certo". Cruise aveva un altro pezzo di pesce pronto sulla griglia, e Marina le preparò un piatto. "Ecco a te. Siediti e rilassati. Hai avuto una giornata impegnativa".

Marina lanciò un'occhiata ai tavoli che si stavano svuotando. Era il momento della giornata che le piaceva di più, dopo un pranzo intenso e soddisfacente, quando poteva sedersi a chiacchierare con Jack e Leo, o altri clienti. A volte Ginger o degli altri amici la raggiungevano in cucina, al tavolo dello chef.

Heather e Blake parlavano con disinvoltura dei loro studi e dei loro progetti per il futuro. Heather parlò della sua specializzazione in marketing, con una tono di voce che si tingeva di incertezza. "Mi resta ancora un anno, ma sto ancora cercando di capire dove vorrei che mi portasse tutto ciò".

Blake si sporse in avanti, con aria incuriosita. "Il marketing è un ambito di studi molto versatile. Potresti lavorare ovunque. Il mio lavoro è vicino al mare, ma non lo cambierei per niente al mondo".

"Se possibile, vorrei rimanere qui". Heather sorrise. "Adoro Summer Beach. E stare vicino alla mia famiglia, vecchia e nuova". Mise un braccio intorno a Leo. "È bello avere un nuovo fratello".

Leo le rivolse un sorriso e, poiché Blake sembrava

perplesso, Marina spiegò. "Io e Jack ci siamo sposati l'anno scorso. Mia nonna vive in quel cottage laggiù".

"Vive qui da molto tempo?", chiese Blake.

"Per alcuni periodi", rispose Marina. "Ho lavorato a lungo San Francisco, e sono tornata un paio di anni fa. Heather è cresciuta in città".

"E io mi sono trasferito da New York", aggiunse Jack. "Non avrei mai pensato di finire qui, ma è un posto fantastico. Soprattutto per i bambini".

"Lo vedo." Blake sembrava pensieroso. "Ci sono molte cose che potrei fare qui".

Marina poteva praticamente sentire tutto ciò che non aveva detto.

Blake chiese altre informazioni su Summer Beach, e raccontò di essersi laureato da poco all'università di San Diego, ma di aver fatto per anni il volontario nel soccorso marino.

Dopo aver mangiato, Blake guardò l'orologio. "Devo tornare. Ma ti chiamerò quando libereremo i piccoli".

"Ci sarò di sicuro", disse Heather.

Nonostante le sue parole, Blake esitava, apparentemente riluttante ad andarsene. "In macchina ho un libro sui leoni marini. Lo regalo spesso ai bambini, quando vado a parlare nelle scuole. Forse a Leo piacerebbe?"

"Forte!", disse Leo, con il volto illuminato.

Blake toccò la mano di Heather. "Vuoi accompagnarmi alla macchina?"

"Torno subito", disse Heather a Leo.

Mentre i due si allontanavano, Cruise li seguì con lo sguardo, poi gettò l'asciugamano. Si era pulito e non aveva detto molto mentre erano lì. "Ti dispiace se me ne vado, ora?"

"Vai pure", disse Marina. "Ci vediamo domani".

"Posso andare a giocare con Scout, papà?"

"Basta che lo tieni lontano dal giardino di Ginger", rispose Jack. "Non vorrei essere costretto a ripiantare tutto di nuovo". Si voltò verso Marina e le prese la mano, piegandola tra le sue. Facendo un cenno verso il giardino, disse: "Ricordi quel giorno? È stato un tenero incontro".

Marina rise per quel termine da vecchio scrittore che aveva usato Jack. "Non è stato il nostro primo incontro, ma col senno di poi è stato piuttosto carino". Lanciò un'occhiata a Heather e Blake. "Come quello".

Jack studiò il suo sguardo. "Cosa ne pensi di Blake?"

"Sembra gentile, intelligente e realizzato". Tutto ciò che una madre poteva desiderare per sua figlia, anche se non voleva forzarla. "Heather è ancora giovane. Ha tutta la vita davanti".

Jack annuì. "Anche lei e Cruise sembrano piuttosto amici. Ma sta a lei scegliere". Fece una pausa. "Quanti anni hai detto che avevi, quando hai conosciuto Stan?".

Marina strinse le labbra e sospirò. "Più o meno la sua età. Ma ne avevo già passate tante con i miei genitori. Sembravo più grande".

Ridacchiando, Jack la tirò a sé e la baciò. "Heather è intelligente. Un giorno si innamorerà e inizierà una vita tutta sua. Sarai pronta?"

"Dovrò esserlo". E poi le venne in mente un pensiero sconvolgente. Entro pochi anni sarebbe potuta diventare nonna. "La vita ci scappa via, vero? Mi sento ancora giovane dentro".

Passandole un dito sulla guancia, sorrise. "E lo sei".

"Ma quando vedi i tuoi figli crescere, ti rendi conto di quanto il tempo scorra veloce".

Jack la studiò mentre la teneva tra le braccia. "Allora, rallentiamo il ritmo. Non cercando di infilare più cose possibili in ogni giornata, ma godendoci il tempo che abbiamo. Che ne dici di una passeggiata sulla spiaggia stasera con me?"

"Mi piacerebbe". Un pensiero che l'aveva assillata riaffiorò. "E magari mi dirai cosa ti passa per la testa, ultimamente".

Jack sembrò sorpreso. "È una storia a cui sto lavorando. Ha varie sfaccettature e complicazioni".

"Vuoi parlarne?"

Scosse la testa. "A volte mi capita di annaspare prima di trovare la prospettiva giusta per raccontarla".

Marina sospettava che ci fosse dell'altro che non le stava dicendo, e si chiedeva perché. Forse quella sera si sarebbe confidato con lei.

Dopo una cena leggera, Leo se ne andò con sua madre e Noah. Marina pulì il piano cottura in smalto blu vintage, mentre Jack finì di lavare i piatti e si asciugò le mani.

"Sei ancora pronto per quella passeggiata?", chiese.

Marina gli passò le braccia intorno alla vita. "Sembra che ci sia un bellissimo tramonto. Andiamo".

Passeggiarono attraverso il quartiere di ordinati bungalow d'epoca verso la spiaggia, fermandosi a salutare i vicini. Alcuni, come loro, erano nuovi della zona, mentre altri vivevano a Summer Beach da anni. Molti in quella strada conoscevano Ginger, perché aveva insegnato matematica nella scuola locale dopo la morte di Bertrand.

Quando raggiunsero la spiaggia, il sole si stava abbassando verso l'orizzonte. I sandali di Marina lasciavano morbide impronte sulla sabbia bagnata mentre camminava accanto a Jack, con le dita intrecciate nelle sue. Il sole della

sera gettava una tonalità dorata sulle onde, facendole bril-
lare di lucentezza. Era una vista di cui Marina non si stan-
cava mai.

Il fresco profumo del mare e il ritmo delle onde avrebbero dovuto tranquillizzarla, ma un forte disagio le si attor-
cigliava nella bocca dello stomaco. Jack ultimamente era
stato distante, e si chiese se fosse sempre così quando lavorava a una storia.

"Hai lavorato fino a tarda notte", esordì Marina con un
po' di titubanza.

"L'editore di Ginger ha bisogno delle mie nuove illustrazioni".

"Non intendevo questo", ci riprovò. "Va tutto bene con
la nuova storia a cui stai lavorando?".

Jack esitò per una frazione di secondo, troppo breve per
chiunque non lo conoscesse intimamente come Marina. "È
solo una faccenda finanziaria", rispose con un'alzata di
spalle. "Seguire il flusso dei soldi, insomma. Sembra più
affascinante di quanto non sia, ma può essere noioso e
monotono".

Marina si acciglò leggermente. Era stata sposata con
Jack abbastanza a lungo da riconoscere il modo in cui la
sua mascella si contraeva, evitando il suo sguardo. Era
diretto verso un'altra parte, e questo le fece scattare un
allarme nella mente.

"Se c'è qualcosa in più, puoi parlarne con me", disse
Marina, stringendogli la mano.

Fece un mezzo sorriso teso. "Sono solo numeri, tesoro.
Niente di cui preoccuparsi".

Non le piaceva il modo in cui la stava placando, ma
capiva anche perché i giornalisti tenevano riservate le loro

fonti e custodivano le loro storie finché non erano pronti a renderle pubbliche. "Non puoi dirmelo, eh?"

"Temo di no".

"Capisco". Marina osservò le onde correre verso la riva.

"Quando potrò, sarai la prima a saperlo. Te lo prometto".

Lo accettava. Aveva sempre ammirato la tenacia e la professionalità di Jack. Come ex-conduttrice di un telegiornale, capiva il suo impegno. Tuttavia, nonostante comprendesse perché non poteva condividere ciò a cui stava lavorando, sentiva una nuvola di disagio che non riusciva a scacciare.

"Se diventa troppo impegnativo, puoi fare un passo indietro", azzardò, mordendosi il labbro.

Jack si fermò, voltandosi verso di lei. Gli ultimi raggi del sole gli catturavano il viso, evidenziando le linee che lo stress e il tempo avevano inciso sul suo viso. "Marina, questo è ciò che faccio. È ciò che sono".

Lo fissò. Lui non aveva risposto alla sua affermazione, ma lei non gliel'avrebbe chiesto un'altra volta. Amore e preoccupazione si scontravano nel suo cuore. Voleva insistere, convincerlo a confidarsi con lei, a condividere il peso di qualunque fardello si stesse portando dietro. Ma riconobbe anche la feroce determinazione nei suoi occhi. Lo sguardo che le diceva che era un uomo dai principi incrollabili.

Lo stesso sguardo che riconosceva anche quando si guardava allo specchio.

Marina sospirò, appoggiandosi a lui. "Promettimi solo che starai attento. Se non per me, per il bene di Leo".

Jack le avvolse un braccio intorno, tirandola a sé. "Sempre".

Mentre proseguivano la loro passeggiata, la mente di Marina si agitò. Si fidava di Jack, ma la sua preoccupazione era ancora lì. Proprio quando l'estate sembrava così luminosa.

6

*M*arina staccò alcune foglie fresche di basilico per guarnire le pietanze del Coral Café, e il loro fresco profumo riempì l'aria. Si pulì le mani su uno strofinaccio e guardò Cruise, che stava impiattando un'omelette di verdure. Lui le passò il piatto e tornò ai fornelli.

Ultimamente Marina aveva avuto a malapena la possibilità di parlare con Heather. Il giorno prima, sua figlia si era trattenuta con Blake vicino alla sua auto e, quando era tornata, aveva dato a Leo il libro che Blake gli aveva promesso e si era precipitata nella sua stanza. Attraverso una finestra aperta del cottage, Marina l'aveva sentita parlare animatamente al telefono con un'amica.

Oh, se avessi di nuovo quell'età, pensò. Tuttavia, ora le piaceva molto la sua situazione con Jack, e non l'avrebbe scambiata con null'altro.

Cruise la guardò con un'aria di casualità studiata. "Chi era quel tizio con cui Heather stava parlando, ieri?".

Marina alzò lo sguardo. Cruise era stato tranquillo quel giorno, ma ora sembrava un po' troppo disinvolto. "Una persona che abbiamo conosciuto in campeggio. Blake è un veterinario marino".

Quando Cruise non rispose, azzardò una domanda che le era venuta in mente. "Dopo la festa d'anniversario, tu e Heather vi siete divertiti all'altra festa? Avete fatto tardissimo".

Cruise scrollò le spalle. "È andata bene".

Forse Heather e Cruise erano solo amici, dopo tutto. Non stava ottenendo nulla da nessuno dei due.

Marina pensò a quanto fosse bella sua figlia e a quanto poco Heather se ne rendesse conto. Perché non avrebbe dovuto avere qualche giovane interessato a lei?

Heather era timida per natura, anche se, lavorando al bar, stava migliorando. Se c'era un dono che Marina avrebbe desiderato infondere a sua figlia, era una sana dose di fiducia in se stessa. Heather aveva molto più talento e potenziale di quanto lei stessa non realizzasse.

Marina ricordava di aver provato la stessa cosa quando era giovane. Ma quando era cresciuta, si era costretta a uscire dalla sua zona di comfort per sostenere i gemelli dopo la morte di Stan. Non augurava a sua figlia di vivere nulla di così drammatico.

"I piatti sono pronti", disse Marina, aggiungendo all'omelette un contorno di frutta a pezzetti, un'ulteriore guarnizione di basilico e delle sottili cipolle verdi tagliate a julienne.

Heather si fiondò in cucina. "Grazie".

"Saluta Gilda da parte mia", disse Marina. Aveva memorizzato molti degli ordini preferiti dei suoi clienti.

Heather si infilò una ciocca di capelli biondo scuro nella folta coda di cavallo. "Ama il basilico e le cipolle verdi".

Marina apprezzava i suoi clienti abituali e li accontentava. Mise alcuni piccoli bocconi di pancetta in una ciotolina. "Questo è per Pixie. Devo far felice quel chihuahua".

"Grazie, mamma". Heather prese il piatto e si diresse verso Gilda, che sfoggiava capelli rosa acceso e uno zaino coordinato per il suo vivace cagnolino.

Marina guardò l'ora. Sua nonna le aveva chiesto di andare a casa. "Devo allontanarmi per un incontro che Ginger ha organizzato con il sindaco. Ti occupi tu della cucina?"

"Certo, ci pensiamo noi", disse Cruise, lanciando uno sguardo in direzione di Heather quando qualcosa catturò la sua attenzione. Distratto, esitò un po' troppo.

Marina tirò via una padella dal fornello. "Queste patate si stanno abbrustolendo".

"Oh, scusa", disse Cruise, arrossendo.

Non era da lui. Cruise si era rivelato un cuoco migliore di quanto lei si fosse aspettata. Sempre che riuscisse a concentrarsi sul lavoro.

"Fai attenzione ai fornelli, per favore. Stiamo sprecando un po' troppo cibo". Non era la prima volta che lo metteva in guardia su questo aspetto o sul fatto di discostarsi dalle sue ricette. Come il giorno precedente.

Cruise riprese rapidamente il ritmo di lavoro. "Sì, signora".

"Hai messo gli scampi crudi in frigorifero, vero?"

"Ehm... certo", disse rapidamente, con lo sguardo che si dirigeva verso il frigorifero come se non fosse convinto.

Fece una pausa. "Significa che l'hai fatto o non l'hai fatto?"

"È tutto lì dentro".

"Non vorrei che andassero a male. Saranno una ricetta

speciale molto richiesta per il pranzo di oggi. Devi prepararli subito".

Quando era arrivata quella mattina, prima che il bar aprisse per la colazione, aveva visto Heather mangiare un piatto di scampi e uova che Cruise aveva preparato per lei. Erano immersi in una conversazione.

Marina spazzolò le briciole dalla sua giacca da cuoco a stampa floreale. Pur rispettando la classica giacca bianca, la sua versione si adattava meglio al tema informale del suo locale. "Chiamami se hai bisogno di qualcosa".

Si diresse verso l'esterno e fece un respiro profondo, inspirando l'aria salata del mare mentre il sole del mattino le scaldava il viso.

Un clacson risuonò e Marina si voltò.

"Ehi, tu", fece Kai dal suo nuovo SUV, mentre si accostava alla casa. Sua sorella uscì con un prendisole rosa e sandali scintillanti. Gli occhiali da sole giganti, colorati di rosa e con montatura cat-eye, le poggiavano sul naso.

"Adoro gli occhiali da star del cinema". Marina sorrise. Non sapeva mai come si sarebbe presentata sua sorella. Il mondo era davvero il palcoscenico di Kai.

"Vistosi, ma ci stanno, non credi?". Senza aspettare una risposta, Kai abbassò gli occhiali da sole. "Sei stata convocata anche tu?"

"Sembra di sì". Marina abbracciò la sorella. "Mi chiedo cosa stia facendo Ginger adesso. Non ha voluto dire altro, se non che era urgente".

"Spero che non ci voglia troppo tempo", disse Kai, guardando il suo telefono con un leggero cipiglio.

"Hai un appuntamento o qualcosa del genere?".

Kai rispose con un piccolo sorriso. "Alla clinica".

"Sei... insomma, lo sai?"

"Incinta? Mi piacerebbe. Non riesco a capire perché ci voglia così tanto. Non è per mancanza di tentativi".

Marina le diede un colpetto sulle costole. "Troppe informazioni, ma grazie per averle condivise".

Cambiando argomento, guardò la vecchia casa a due piani. "Il nostro pigiama party dell'altra sera è stato molto divertente. Dovremmo rifarlo".

Kai annuì. "Per quanto ami la mia nuova casa accogliente con Axe, mi manca un po' il caos di quando vivevamo tutti insieme. Non avevamo molto di cui preoccuparci".

Marina si fermò davanti alla porta d'ingresso. "Non vedo l'ora di sapere cosa c'è dietro questo incontro misterioso".

La porta si aprì e Ginger uscì di corsa. Era vestita con jeans perfettamente stirati e una camicia di cotone bianco immacolato. Sui suoi folti capelli argentei troneggiava un cappello Panama con un foulard di seta colorata avvolto intorno alla tesa. La nonna emanava ancora stile ed energia.

"Ecco le mie ragazze", disse con calore, tirandole entrambe a sé per un abbraccio. "Ma siete entrambe in ritardo", aggiunse. "Cambio di programma. Incontreremo il sindaco al caffè. Non facciamolo aspettare".

Marina non aveva visto Bennett Dylan al locale. "Non è ancora arrivato".

Ginger fece un gesto verso il parcheggio, dove stava arrivando un SUV nero. Ne scese un uomo tarchiato sulla quarantina. "Eccolo qui. Puntuale come sempre. Quando il sindaco mi ha detto che era troppo impegnato per il pranzo di oggi, gli ho suggerito di incontrarci. Per questo ho cambiato il luogo".

"Cosa vuole Bennett?", chiese Kai.

Ginger scosse la testa. "Non è entrato nei dettagli, se non dicendo che ha a che fare con l'imminente festa del centenario".

I pensieri di Marina balzarono in avanti, e la sua mente si arrovellava su ciò che il sindaco avrebbe voluto discutere. Aveva già programmato di portare il suo camioncino all'evento.

"Vediamo cosa ci riserva la giornata", disse Ginger.

Marina sorrise a quell'affermazione. Ginger affrontava ogni giorno come se avesse in serbo una meravigliosa sorpresa. Forse era quello il segreto di sua nonna.

Marina si affrettò a tornare al bar con Ginger e Kai. Nel patio, ombrelloni corallo brillante riparavano i commensali dal sole. Delle palme in vaso circondavano il perimetro e fili di luci erano intrecciati in alto, pronti a illuminare lo spazio al calar della sera.

I clienti della colazione si attardavano ancora ai tavoli davanti a un caffè. Nell'aria risuonavano conversazioni rilassate e occasionali risate.

Bennett li accolse all'ingresso. "È un piacere vederti, Ginger. Grazie per avermi incontrato oggi".

"Sei stato così impegnato che non ti abbiamo quasi mai visto", disse Ginger, porgendogli la mano.

Con occhi pieni di ammirazione, Bennett gliela strinse. "L'organizzazione del centenario richiede molto tempo".

Si sedettero e Marina lanciò uno sguardo verso la cucina, dove poteva vedere Cruise. Sembrava che stesse andando tutto bene. Nel patio, Heather riempiva i bicchieri d'acqua e serviva i pasti. Con i capelli che le scivolavano fuori dalla coda e i gesti un po' nervosi, sembrava affannata.

Cruise fece cenno a Heather, che si precipitò in cucina.

Marina aggrottò le sopracciglia, chiedendosi cosa ci fosse che non andava. Heather era leggermente pallida, anche se quella mattina sembrava stare bene mentre chiacchierava con Cruise. Marina le avrebbe parlato dopo la riunione.

"Ordiniamo subito". Marina alzò la mano a Heather, che le raggiunse al tavolo.

"Cruise mi ha appena parlato di un piatto speciale oggi", disse Heather. "Una sorpresa dello chef".

"La specialità è un'insalata di scampi alla griglia", disse Marina.

"Eccellente", aggiunse Bennett. "E un bel po' di caffè".

Marina guardò Ginger e Kai, che annuirono anch'esse.

Mentre Heather serviva il caffè, Bennett iniziò a parlare dei progetti della città. Guardando intorno al tavolo, disse: "Ginger, sono qui per chiederti, a nome di tutta la città di Summer Beach, se vuoi farci l'onore di presenziare come Gran Maresciallo nella parata del centenario. Sei stata una colonna portante di Summer Beach per molti anni, contribuendo con il tuo tempo e le tue conoscenze a migliorare la nostra comunità e i nostri residenti. Se hai bisogno di tempo per pensarci…"

"Perché perdere tempo?" disse Ginger con un cenno distaccato. "Ne sarei felice".

"È quello che speravo dicessi". Bennett illustrò i compiti del cerimoniale.

Mentre la conversazione continuava con la pianificazione della parata, lo sguardo di Marina tornò su Cruise. Con i capelli sbiaditi dal sole che gli ricadevano sulla fronte, ora era concentrato. Anche se con i suoi tatuaggi, i jeans neri e la maglietta sotto un grembiule macchiato, era vestito più per andare in discoteca che per la cucina e per il cuoco gourmet in erba che era.

Marina si chiese cosa avesse in mente, ma tornò a concentrarsi sulla conversazione. Ginger e Bennett stavano discutendo di alcune possibili idee.

"Molte persone stanno costruendo i carri", disse Bennett. "Ma ci manca un senso di coesione e di leadership. Speravo che tu e la tua famiglia poteste aiutarci in questo senso".

"Dato che stiamo festeggiando il centenario, la parata dovrebbe mettere in risalto la storia della nostra città", disse Ginger, facendo tamburellare i polpastrelli delle dita in segno di riflessione. "Potremmo raggruppare i carri che rappresentano epoche diverse. Per esempio, l'insediamento originario di Summer Beach, la fondazione ufficiale un secolo fa, il periodo equestre, il boom della cultura del surf e le innovazioni di oggi".

Marina si immaginava i carri colorati percorrere Main Street, acclamati da folle di visitatori e abitanti del luogo. Avrebbe aggiunto al menu del food truck i suoi popcorn aromatizzati e i cupcake del centenario.

"Dovremmo coinvolgere le scuole", disse Kai.

Bennett annuì. "Ci saranno anche la banda musicale del liceo e le ragazze del twirling".

"Io e Axe potremmo portare con noi alcuni giovani artisti", disse Kai. "Stiamo lavorando con il dipartimento di teatro della scuola per un musical di prossima realizzazione".

Marina era impressionata. "È un'ottima idea".

"Lo apprezziamo, Kai". Bennett si rivolse a lei. "E Marina, prenderesti in considerazione l'idea di occuparti dell'organizzazione dell'evento? Sei molto abile nel riunire la comunità, proprio come hai fatto qui. Oltre alla sfilata, ci sono la pubblicità e le donazioni da gestire. Dobbiamo organizzare i venditori al dettaglio e di generi alimentari, allestire un palco per le esibizioni e delle gare vecchio stile con i relativi premi. Anche se i membri del comitato si occupano dei vari eventi, c'è bisogno di un coordinamento. E di un buon direttore generale".

"Pensavo che lo facesse Rhoda", disse Marina. Anche se l'evento sarebbe stato memorabile, lei era già abbastanza impegnata.

Bennett scosse la testa. "È stata chiamata fuori città per questioni familiari. Non manca molto, ma visto quanto sei brava a gestire il Coral Café, a organizzare il tuo camioncino e a trattare con i clienti, non potrei pensare a nessuno di meglio".

"Ho sentito dire che se c'è bisogno di qualcuno che svolga un lavoro, è meglio chiedere alla persona più impegnata", disse Kai. "Sono quelle che riescono a organizzarsi meglio".

Marina diede un calcetto al piede di Kai sotto il tavolo. Con la sua agenda piena di impegni, non aveva bisogno di un gesto d'approvazione così evidente.

"È esattamente ciò che penso", disse Bennett. "Marina, prenderesti in considerazione l'idea di sostenere la comunità per questo evento speciale?"

"Ne sono lusingata, ma ho molte cose in ballo". Marina si toccò la tempia. Aveva già rifiutato le offerte di Rhoda. Jack, Leo, Scout... quei tre erano una bella gatta da pelare. Avrebbe avuto tempo?

"Saresti meravigliosa", disse Ginger. "Immagina quanto ne beneficerebbe Summer Beach".

"Dai, Marina", intervenne Kai, dandole un colpetto

sulla schiena. "È un'occasione unica nella vita. Letteralmente. Non ne avrai un'altra per un centinaio di anni".

Heather si fermò al tavolo. "Senza che ci sia di mezzo Rhoda, sembra una cosa bella, mamma. Dovresti farlo. Ti aiuteremo tutti, vero?"

"Certo", disse Kai, battendo le mani mentre Ginger annuiva.

Guardando i quattro volti in attesa che la fissavano, la determinazione di Marina vacillò. "Non lo so", disse lentamente.

Pensò a Ginger e ad altre persone che avevano contribuito in modo determinante a rendere Summer Beach il luogo che amava. Forse aveva un debito anche con la comunità. Poteva davvero farcela? Non voleva essere inefficiente come Rhoda.

7

*M*entre Marina considerava quell'offerta, Ginger si sporse in avanti, con gli occhi che luccicavano. "Forse Leo potrebbe venire con me alla sfilata. Sindaco Bennett, se Leo fosse il mio accompagnatore, ci sarebbe posto per lui in macchina? Potrebbe sedersi al centro. Sono sicura che ne sarebbe entusiasta".

Bennett si illuminò. Guardando dall'altra parte del tavolo, disse: "Se sei tu a comandare le operazioni, faremo spazio a Leo ovunque lei vada".

Marina non si aspettava che il sindaco e sua nonna le facessero un'offerta così difficile da rifiutare. "Sono sicura che Leo sarebbe entusiasta, ma…".

Ginger le tese la mano. "Non sarai sola in questa situazione. Io posso aiutarti, così come Kai. E probabilmente anche Brooke".

Kai sorrise. "Segnami per la parata e l'intrattenimento".

"Mi rendo conto di quanto questo evento sia importante per tutti". Marina soppesò le richieste. Tuttavia, ci teneva a Summer Beach e voleva che i residenti e i visitatori potessero godere di tutto ciò che la città aveva da offrire.

Tutti aspettavano la sua risposta.

Mordendosi le labbra, prese la sua decisione. In qualche modo, avrebbe fatto in modo che tutto ciò accadesse.

"Apprezzo la tua fiducia in me", disse Marina a Bennett. "E sono felice di avere la possibilità di contribuire alla città che ha reso il Coral Café un successo. Quando posso iniziare?"

"Adesso", rispose con un ampio sorriso.

Mentre brindavano con i bicchieri d'acqua e le tazze di caffè, Cruise uscì dalla cucina. Teneva in equilibrio quattro piatti di uova in camicia, salmone affumicato e salsa olandese, ognuno dei quali era guarnito con una generosa quantità di scintillante caviale nero. Il basilico guarniva un pomodoro grigliato e dell'altro caviale sormontava un avocado grigliato riempito con un'infusione di aioli.

"Questo è il piatto speciale del sindaco", disse, mentre Heather lo aiutava a servire. "Uova alla Benedict con un tocco di classe. Buon appetito".

Bennett lo ringraziò. "Che onore. Non sapevo che fosse nel menu".

"Non lo è", disse Marina, ispezionando il piatto.

Non sapeva nemmeno che il caviale fosse nella loro lista di forniture. Gli scampi, sì, ma erano la specialità del giorno. Aveva usato molto caviale, più di quanto avrebbe dovuto se quel piatto fosse stato nel menu. Il costo del cibo era sempre una preoccupazione.

"Forse dovrebbe esserci", disse Ginger. "La presentazione è bellissima. La mia vecchia amica Julia Child ne sarebbe stata orgogliosa".

"Ehi, potresti chiamarlo *Uova del Sindaco Bennett*", disse Kai, ridendo della sua stessa battuta.

"Ha un aspetto delizioso", disse Marina.

Tuttavia, Cruise non aveva bisogno di impressionare Bennett. Avrebbe dovuto essere a grigliare gli scampi per la specialità dell'ora di pranzo. Lui lo sapeva; lei le pianificava con una settimana di anticipo.

"Grazie, significa molto per me". Cruise sorrise umilmente con le mani strette dietro la schiena. Dopo aver lanciato un'occhiata a Marina, aggiunse: "È meglio che torni al lavoro".

Mentre mangiavano, la conversazione sui festeggiamenti del centenario e sulla parata continuava. La mente di Marina stava già correndo in avanti, compilando un elenco mentale di tutto ciò che le sarebbe servito per l'organizzazione. Avrebbe dovuto rivedere gli orari e le chiusure delle strade. Reclutare volontari dai gruppi della comunità. Parlare con i venditori per allestire gli stand.

Marina ascoltava le idee che venivano proposte al tavolo. Rivolgendosi a Bennett, chiese: "C'è un budget per tutto questo?".

Bennett si schiarì la gola. "È un altro compito molto importante per il quale abbiamo bisogno di aiuto. Temo che Rhoda non sia riuscita a trovare degli sponsor. Abbiamo comunque un piccolo budget che coprirà un breve spettacolo pirotecnico. Non molto altro, temo".

Marina fece un piccolo sospiro. *E assicurarsi degli sponsor per finanziare il tutto*, aggiunse alla sua lista mentale. Si era già impegnata, ma avrebbe voluto saperlo prima.

Ginger le toccò la mano come per rassicurarla. "Posso chiamare Carol Reston e Hal".

"È una cosa impegnativa da chiedere, e manca così poco", disse Marina. "Dovrei venire con te". La coppia vincitrice del Grammy Award era del posto, quindi tutti chiedevano loro delle donazioni. Avrebbe potuto rivolgersi a Tyler e Celia, la coppia di tecnici in pensione che sostenevano generosamente il programma musicale della scuola. Marina avrebbe dovuto fare molte telefonate.

Kai schioccò le dita. "E se proponessi uno scambio a Poppy Bay? Potrei offrirle degli abbonamenti al Seashell in cambio di un po' di aiuto per il marketing".

Marina sorrise all'esuberanza della sorella. "L'hai già fatto per attirare gli ospiti del Seabreeze Inn. Inoltre, con il nuovo teatro, tu e Axe avete bisogno di vendere biglietti".

Ginger attraversò il tavolo e accarezzò la mano di Marina. "Non preoccuparti, cara. Posso aiutarti chiedendo qualche favore. Organizzerò alcuni incontri per noi. È ora che tu conosca altri miei amici".

"Lo apprezzo molto", disse Marina.

Nonostante la sua determinazione, lo stomaco le si contorse per l'ansia. Ma in che cosa si era cacciata? Vedeva il suo tempo libero con Jack evaporare improvvisamente. Eppure, lui stava indagando su quella storia per conto del suo editore. Forse era meglio che non avessero programmato nulla per il loro anniversario. Jack avrebbe capito. Non sarebbe stato per molto; il centenario era solo a poche settimane di distanza.

Marina si guardò alle spalle. All'ingresso si stava radunando una folla di clienti, ma Heather era scomparsa. Non era da lei.

Accigliata, Marina disse: "Scusatemi, devo controllare Heather e il pranzo".

"Grazie a tutti", disse Bennett alzandosi. "Organizzerò una riunione per pianificare ogni cosa".

Marina si affrettò verso la cucina. Heather stava uscendo e il suo viso era ancora più pallido di qualche minuto prima.

Fermandola, Marina disse: "Non hai un bell'aspetto, tesoro".

"Mi sento male". Heather si premette una mano sullo stomaco. "Mamma, non sono sicura di poter servire il pranzo".

"Vai di sopra e mettiti a letto. Ce la faremo". Marina esitò, abbassando la voce. "Che cosa hai mangiato?"

"Solo scampi e uova. Oh, mamma, mi dispiace tanto, ma credo che sto per...". Si mise una mano sulla bocca.

"Vai subito", disse Marina, sentendo crescere un senso di sgomento dentro di sé. "Manderò Ginger da te".

Heather si precipitò verso il cottage, mentre Marina si precipitò in cucina, facendo segno a Ginger di seguire sua figlia. Cruise era al frigorifero.

Premette i palmi delle mani sul banco. "Fammi vedere subito gli scampi".

Brontolando, Cruise acconsentì.

Marina ne toccò un pezzo. Il cuore le si spezzò. "È caldo, il che significa che è stato fuori dal frigorifero per molto tempo. Era fuori quando ti ho chiesto se l'avessi messo su, vero?"

"Volevo farlo. Ho solo avuto da fare".

"Eppure hai avuto il tempo di creare dei piatti speciali per Heather e il sindaco". Marina non poteva sentire scuse, non con gli avventori in fila all'ingresso per i tavoli. "Non possiamo servire gli scampi. Heather li ha mangiati, e non sta bene".

"Magari non è quella la causa".

Scuotendo la testa, prese i frutti di mare e li gettò nella spazzatura. "Portali via, per favore".

Cruise gettò un asciugamano. "Non c'era bisogno di farlo. So come gestire i frutti di mare".

"Forse sì, ma questa volta sei stato distratto. Non possiamo rischiare. È inaccettabile".

Cruise imprecò e sbatté una spatola sui fornelli.

Era un momento di crisi, e Marina non aveva tempo per discutere. Ogni settimana inviava una newsletter con le specialità del giorno. "Presto avremo qui dei clienti che sono venuti per l'insalata di scampi".

"Mi inventerò qualcos'altro".

"A questo punto, preferirei che ti attenessi al menu".

Di nuovo, Cruise si voltò, brontolando.

La pazienza di Marina si stava esaurendo. "Senti, so che sei qui per il surf estivo. Ma devi distogliere la mente dalle onde e concentrarti sul tuo lavoro. Qualche caso di intossicazione alimentare può mettere la parola fine all'attività di un ristorante, in una piccola città. E i profitti di oggi sono letteralmente andati in fumo, così come i soldi spesi per quel caviale che non ho autorizzato. Abbiamo parlato dei costi del cibo. Ingredienti del genere sono divertenti da utilizzare, ma questo non è un hotel con il portafoglio pieno".

Il volto di Cruise arrossì. "Come sta Heather?"

"Probabilmente starà vomitando". Marina fece scorrere l'acqua per lavarsi le mani. "Cancella l'insalata di scampi dalla lavagna delle specialità e porta fuori la spazzatura".

Una traccia di rimorso gli ombreggiò il volto. "Non vai a vedere come sta?".

Marina avrebbe voluto, ma doveva gestire la situazione lì. "Ho mandato sua nonna. Dobbiamo servire un gran numero di clienti a pranzo, quindi muoviti. Metto su la zuppa e inizio a far accomodare le persone".

Cruise si sporse con il mento. "So che non mi credi, ma non c'era niente di sbagliato in quegli scampi. So come muovermi in cucina e ho cercato di dimostrartelo. Hai visto le mie uova alla Benedict? Erano un capolavoro!"

"Cruise, apprezzo il tuo sforzo, anche se ci vuole ben più di un cucchiaio di caviale costoso per fare uno chef. E noi non abbiamo tempo per queste cose".

La fila all'ingresso si stava allungando e l'ansia la attanagliava. Un uomo che non aveva riconosciuto sembrava particolarmente nervoso. Continuava a controllarsi i gemelli e a raddrizzarsi il colletto della giacca. Sembrava agitato e leggermente fuori posto, come se fosse in visita dalla città. Aveva un'aria familiare, ma Marina non riusciva a inquadrarlo.

Era forse lui il critico gastronomico di cui aveva parlato Rhoda? Il suo cuore sprofondò.

Proprio quel giorno.

"Sei troppo tirchia per assumere il personale che ti serve", continuò Cruise, il cui tono aveva assunto una sfumatura sarcastica.

Marina rimase sconcertata dal suo commento. "Ho un budget preciso da tenere in considerazione. Il locale non è come gli hotel di lusso in cui hai lavorato".

Strinse gli occhi. "Forse non avrei dovuto andarmene".

Sentì la rabbia montare nel petto. Marina mise una

pentola sul fornello e accese la fiamma. Doveva essere decisa e agire rapidamente.

"Probabilmente hai ragione", disse lei, misurando le parole. "Perché il tuo atteggiamento non è adatto a questo posto. Addio, Cruise. Ti spedirò l'ultimo assegno".

Gli si spalancò la bocca. "Hai appena fatto un grosso errore". Cruise si strappò il grembiule e uscì dall'ingresso posteriore.

Marina sospirò. Forse era vero. In estate era difficile trovare un buon aiuto, ma non poteva sopportare quell'insolenza, soprattutto con il centenario che incombeva. Cruise era giovane e pieno di talento, ma aveva ancora molto da imparare. Aveva bisogno di persone disposte a collaborare.

La cucina non è un luogo per atteggiarsi, come il suo primo direttore di ristoranti aveva inculcato a tutto il team. Non si trattava di un reality show, ma della sua vita e del suo sostentamento.

Si affrettò verso l'ingresso principale. La fila si stava allungando.

Kai la fermò. "Cos'è successo là dietro?", sussurrò. "Ho visto che litigavi con Cruise".

Quella scena avrebbe potuto diventare oggetto di pettegolezzi, pensò con sgomento. "Heather non sta bene e ho dovuto licenziare Cruise".

Dopo anni di televisione, trascorsi sotto pressione, aveva imparato che la capacità di prendere decisioni era fondamentale. Non avrebbe rischiato la salute dei suoi clienti, molti dei quali erano anziani. Era un peccato perché Cruise aveva talento, ma ancora molto da imparare.

"Io mi occupo dei primi clienti", disse Kai, guardando la fila aumentare.

"Ma il tuo appuntamento…"

"Può aspettare. Questa è un'emergenza". Kai fece un gesto verso le persone che sembravano frustrate, perché nessuno le stava servendo. "Vai a occuparti della cucina".

"Grazie", disse Marina. "E cancella l'insalata di scampi dalla lavagna delle specialità. Dì a chiunque lo chieda che oggi non sono arrivati".

"Capito". Kai fece una pausa, mordendosi il labbro. "Scusami se ti ho fatto pesare la questione del centenario. Non sapevo che avessi problemi con la cucina".

"Ci penserò. È comunque una cosa che voglio fare". Guardando la fila all'ingresso, Marina toccò la spalla di Kai e abbassò la voce. "Vedi quell'uomo da solo? Quello che si aggiusta le maniche e ha l'aria turbata?".

Kai lo individuò. "Cosa vuole che faccia, capo?"

"Assicurati che venga servito al meglio. Potrebbe essere un critico gastronomico mandato da Rhoda". Come se non avesse abbastanza cose di cui preoccuparsi in quel momento.

"Lo farò. Raccontami tutto, più tardi". Kai si allontanò in un tripudio rosa, con i tacchi che risuonavano sul ponte di legno. Prese una pila di menu per gli avventori e rivolse il suo sorriso scintillante a mister Gemelli. "Benvenuti al Coral Café. Scusateci per l'attesa. Quanti siete?"

Marina tirò un sospiro di sollievo. Con Kai al suo fianco, poteva farcela. Questo le ricordava la prima volta che aveva aperto il caffè.

Pur fidandosi di Ginger, era preoccupata per Heather. Quando tornò in cucina, le scrisse rapidamente un messaggio.

Fammi sapere come sta Heather. Se peggiora, potrebbe aver

bisogno di un medico. Sospetto che sia un'intossicazione alimentare.
Arrivo il prima possibile.

Dell'odore di cibo carbonizzato usciva dal forno. Marina tirò fuori una teglia di pane bruciato che Cruise aveva lasciato lì.

Si premette una mano sulla fronte. Senza Cruise, non sapeva come avrebbe gestito la questione del centenario. Ma aveva fatto una promessa al sindaco, e Summer Beach aveva bisogno di lei. Avrebbe dovuto assumere altri collaboratori il prima possibile.

Quando Kai appuntò l'ordine del presunto critico gastronomico sulla ruota di acciaio inox, Marina si preoccupò che fosse perfetto. Rabbrividì al pensiero di cosa sarebbe potuto accadere se avesse contratto un'intossicazione. Sollevata dal fatto che per il momento quel disastro era stato evitato, continuò a lavorare.

Quando Kai entrò in cucina per prendere l'ordine, aveva un'espressione strana. "Il signor Gemelli ha appena chiesto se Cruise lavora qui".

Il battito del cuore di Marina accelerò. "Cosa gli hai detto?"

"Ho detto che non era qui e gli ho chiesto come facesse a conoscerlo. Quel tizio ha detto di aver seguito la sua carriera, ma poi ha cambiato discorso. Non potevo ottenere altre informazioni da lui se non chiedendoglielo direttamente. Ho pensato che non sarebbe stato opportuno".

"Quindi, probabilmente è il critico gastronomico. Forse ha recensito un ristorante in cui Cruise aveva lavorato, e si aspettava di trovarlo qui".

Kai prese l'ordinazione. "Ecco qua. Spero che gli piaccia".

Era stata troppo precipitosa nel licenziarlo? Forse, ma

doveva proteggere i suoi clienti e avrebbe preso di nuovo la medesima decisione. Sperava che Heather stesse bene; sarebbe andata da lei appena possibile.

Marina guardò il patio della sala da pranzo, osservando Kai servire quell'uomo. Tuttavia, c'era qualcosa che non quadrava.

Forse, Kai poteva riuscire a saperne di più.

arina spostò dolcemente le ciocche di capelli di Heather dal viso. Era stata preoccupata per sua figlia tutto il giorno. Era andata da lei dopo la pausa pranzo e Ginger l'aveva tenuta costantemente aggiornata. "Come ti senti adesso?"

"Ho ancora la nausea". Heather si sollevò dal letto. "Devo riprendermi per poter guardare Blake e la sua squadra liberare i leoni marini".

"Non credo che andrai da nessuna parte per il momento". Marina sprimacciò una pila di cuscini di cotone bianco dietro la testa della figlia e si sedette accanto a lei. "Blake è terribilmente gentile, però. Forse ti aspetterà per liberarli".

Heather fece un timido sorriso. "Forse".

Marina aspettò, ma la figlia non approfondì il discorso su di lui. "Ti andrebbe del brodo o della zuppa? Non hai mangiato nulla dalla colazione".

"Ho bevuto litri di liquidi". Heather strinse le mani intorno a una tazza di tè. "Il brodo va bene, ma non in questo momento. Stai un po' qui con me?". Appoggiò la testa sulla spalla di Marina.

"Certo, tesoro".

Si sedettero in silenzio, facendosi compagnia nella vecchia stanza di Brooke che Heather aveva preso nel cottage di Ginger. Era in fondo al corridoio, vicino alle stanze in cui Marina e Kai avevano trascorso una parte significativa della loro vita.

Come le loro vecchie stanze, quella soleggiata camera da letto aveva un letto in ferro coperto da un copriletto in ciniglia bianca. Dei vetrini color pastello e dei legnetti, entrambi recuperati dalla spiaggia, riempivano alcuni vasi di vetro. Erano i ricordi delle passeggiate sulla spiaggia degli anni passati. E come nella vecchia stanza di Marina, anche lì, uno dei dolci motivi cifrati di Ginger decorava le pareti.

Heather alzò lo sguardo dal suo tè. "Mamma, non dovevi licenziare Cruise".

"Vedo che le voci corrono in fretta". Marina fece passare una mano tra i folti capelli della figlia.

Heather alzò le spalle. "Quello che ha fatto era davvero così grave?"

"Non puoi lasciare fuori dal frigo gli scampi crudi. Temevo che dovessi andare all'ospedale per un'intossicazione. Stavi piuttosto male, cara".

"Guarirò. E non sono così sicura che siano stati gli scampi. Forse ho preso un virus all'università. Molti ragazzi si sono ammalati".

Marina premette la mano sulla fronte di Heather. "Non hai la febbre".

"Mi sentivo calda, prima. Puoi far tornare Cruise? Fa

parte della squadra e ha bisogno di lavorare. Non ha una famiglia che lo sostiene. E a me piace lavorare con lui".

"Capisco, ma molte persone avrebbero potuto ammalarsi a causa della sua negligenza. È gentile da parte tua difenderlo, ma le azioni hanno delle conseguenze. Abbiamo molti clienti anziani che magari non si sarebbero ripresi come te. Le intossicazioni alimentari possono essere molto gravi".

"Forse non sono stati gli scampi. Lui pensa che probabilmente avresti potuto servirli".

Marina inspirò profondamente. "Non posso correre questi rischi nel mio lavoro. E vorrei comunque che tu ti facessi visitare da un medico".

"No", sbottò Heather. "Voglio dire, so che sto bene. O starò meglio. Mi sentivo strana anche prima di mangiare gli scampi e le uova "alla Maine", almeno è così che Cruise ha chiamato l'omelette che mi ha preparato. Come quella che gli preparava suo nonno. Era così buona, e ho pensato che mi avrebbe sistemato lo stomaco".

Marina massaggiò la spalla della figlia. "Immagino che abbia fatto il contrario".

"Potrebbe dover lasciare Summer Beach".

"Potrebbe essere una buona cosa per lui".

Heather giocò con i fili del copriletto. "Ma mi piace davvero, mamma".

Qualcosa nella voce di Heather colpì Marina. "Siete usciti insieme?".

Con un'alzata di spalle, Heather rispose: "Non proprio. Ma ci siamo frequentati un po'".

Marina non era sicura di cosa volesse dire, ma non voleva schierarsi troppo contro Cruise e costringere

Heather a scegliere da che parte stare. Pensò a Blake, ma la scelta spettava a sua figlia.

"Cruise ha talento, anche se deve ancora imparare molto", disse Marina. "Molti giovani uomini maturano più tardi delle donne".

Heather si irritò. "Non siamo bambini, mamma".

"Non lo riassumerò, se è per questo". Marina baciò la fronte di Heather e si alzò. "Ti scaldo un po' di brodo".

Ginger apparve sulla porta. "Ci penso io", disse. "Dovresti andare a casa. Domani devi alzarti presto".

"Grazie, lo farò". Senza Cruise, Marina aveva molto lavoro da fare per preparare tutto. Dopo aver abbracciato Heather e Ginger, si diresse al piano di sotto. Aveva già detto a Jack che avrebbe fatto tardi a cena.

Prima di andarsene, attraversò la proprietà fino al bar e passò dalla cucina alla piccola stanza che usava come ufficio. Aveva promesso a Cruise che gli avrebbe spedito l'ultimo assegno.

Marina accese il computer e aprì il software per le paghe. "Vediamo… dove sei, C.M.?", si disse, scorrendo l'elenco. Cruise era solo un soprannome.

Compilò l'importo finale con pochi clic, si girò verso la stampante e inserì un assegno in bianco. Dopo averlo stampato e timbrato, lo infilò in una busta e spense il computer.

Nel mentre, provò una sensazione fastidiosa. Cruise le piaceva, ma a volte perdere il lavoro era un campanello d'allarme. Era creativo e bravo con il cibo, ma non era nel posto giusto per lui. Non per molto, comunque. Un giorno sarebbe potuto diventare più bravo di lei.

Si rese conto di non sapere molto di lui. A parte la sua precedente esperienza lavorativa, non aveva mai parlato della sua famiglia.

Forse una ragione c'era. Una fitta di senso di colpa le fece pizzicare il collo.

Heather le aveva detto che aveva davvero bisogno di quel lavoro. Marina l'aveva rimproverato varie volte, ma una in più avrebbe cambiato le cose? Non le piaceva licenziare un dipendente.

Tuttavia, grazie alle sue capacità, sarebbe stato in grado di trovare presto un'altra occupazione.

Si chiuse la porta del locale alle spalle.

Fuori, salì sulla sua Mini Cooper turchese, abbassò la capote e guidò lungo la strada della spiaggia verso casa. Fortunatamente era a pochi minuti dall'abitazione di Ginger.

Heather aveva preferito rimanere al cottage, dicendo che con Ginger si sentiva più autonoma. Marina poteva capirla.

La nonna era in buona salute, ma si sentiva più sicura, se Heather era lì con lei per aiutarla nelle faccende domestiche e per sollevare oggetti pesanti. Ginger era fieramente indipendente. Aveva una testa tutta sua; l'aveva sempre avuta e l'avrebbe sempre avuta.

Dopo aver parcheggiato nel garage, Marina salì i gradini posteriori e aprì la porta. "C'è un profumo delizioso".

Jack era ai fornelli e stava versando sulla pasta il sugo alla marinara che Marina aveva preparato la sera precedente. I suoi sorprendenti occhi blu le toglievano ancora il fiato.

Appoggiò il mestolo su un poggia-cucchiaio di ceramica, le cinse le braccia e la baciò. "Sono felice che tu sia a casa. Hai avuto una giornata difficile. Avrei voluto che mi avessi chiamato prima per aiutarti a pulire i tavoli".

"Kai era lì, e si è offerta di aiutarmi". Marina lo aveva chiamato dopo pranzo per raccontargli cosa era successo con Cruise e del suo nuovo lavoro per i festeggiamenti del centenario.

"Ora hai molte cose da gestire", disse Jack. "Quando pensi di poter assumere dei nuovi collaboratori?"

"Ne ho avuti un paio part-time l'estate scorsa. Vedrò se sono disponibili".

Proprio in quel momento, Scout scivolò da dietro l'angolo della cucina con Leo al suo seguito. Il ragazzo la abbracciò.

"Ehi, tu", disse Marina ridendo. Abbracciò Leo e poi grattò Scout sulla collottola. Il cane tirò fuori la lingua in un sorriso felice.

"Non è un po' tardi per mangiare?", chiese.

"Abbiamo mangiato una coppa di gelato", disse Leo.

Jack sorrise. "Abbiamo visto Samantha e i suoi genitori in paese. Ci hanno invitato a unirci a loro".

Marina prese le posate da un cassetto e apparecchiò il tavolo della cucina, mentre Jack mescolava la pasta e il sugo nei piatti.

"È bello avere qualcuno che prepara la cena", disse Marina.

"Ci sto provando", rispose Jack. "Sono contento che consideri riscaldare gli avanzi come preparare la cena".

"È per questo che cucino sempre qualcosa in più", disse lei, dandogli un altro bacio.

Una volta seduti, Marina si rivolse a Leo. "Ho una sorpresa. Il sindaco è passato al caffè per chiedere a Ginger di essere il Gran Maresciallo della parata e dei festeggiamenti per il centenario".

"È un vero onore", disse Jack sorridendo. "Sarà bravissima".

"Che cos'è un cententario?", chiese Leo, incespicando sulla parola.

Jack rise. "È il centenario, ometto. Cento anni fa la gente si è riunita, ha deciso di creare questa città e l'ha chiamata Summer Beach".

Leo aggrottò la fronte, che era già impiastricciata di salsa di pomodoro. "E prima come si chiamava?"

"Non ne ho idea". sorrise Jack, mentre avvolgeva la pasta sulla forchetta. "Non ho tutte le risposte, figliolo".

"E c'è di più", disse Marina, passando a Leo un tovagliolo. "Kai e Axe si esibiranno nella parata e Bennett mi ha chiesto di supervisionare il comitato dell'evento".

Jack appoggiò la mano sulla sua. "Sei sicura di avere tempo, adesso?"

"Ho preso l'impegno con lui prima di lasciare andare Cruise, quindi dovrò farcela".

"Dove hai lasciato andare Cruise?", chiese Leo.

Jack si chinò verso di lui. "È un modo di dire, figliolo".

Leo sembrava ancora più perplesso. "Cioè?"

Quando Jack sembrò non riuscire a rispondere, Marina ridacchiò. "È solo una cosa che dice la gente. Cruise non lavora più al caffè".

"Posso partecipare alla sfilata?", chiese Leo.

"Ecco la sorpresa", rispose Marina. "Bennett e Ginger hanno intenzione di salire sulla Chevrolet decappottabile d'epoca di sua moglie Ivy con lei in testa alla parata, che è un grande onore. Dato che c'è un posto in più in macchina, Ginger ha pensato che ti sarebbe piaciuto unirti a lei".

Leo rimbalzò sulla sedia. "Voglio farlo".

"È stato gentile da parte di Ginger", disse Jack. "So

quanto sei impegnata. Hai bisogno del mio aiuto per l'evento?"

"Non credo. Ginger e Kai hanno promesso di partecipare". Raccontò a Jack e Leo quello che la gente stava preparando. "Un sacco di gente sta costruendo dei carri o decorando delle auto d'epoca".

Jack la fissò per un attimo. "Ehi, che ne dite di decorare il vecchio furgone Volkswagen per la parata? Ha un aspetto molto vintage".

"Voglio darti una mano", disse Leo.

Jack batté il pugno di Leo. "Sembra che Ronzinante sarà di nuovo in pista".

Marina gli diede un bacetto, sorridendo per il soprannome che Jack aveva dato al suo vecchio furgone Volkswagen, prendendolo in prestito da due scrittori, Cervantes e poi Steinbeck. "Ce la puoi fare con quella storia a cui stai lavorando?".

Marina sapeva quanto quell'articolo fosse importante per lui; era il primo che scriveva da quando era arrivato a Summer Beach. Non voleva che si lasciasse prendere dal centenario e non rispettasse la scadenza.

"Devo fare molte ricerche e scrivere, ma ce la farò, con l'aiuto di Leo. Vero, campione?"

"Ce la faremo di sicuro", aggiunse Leo, raggiante all'idea.

Jack le toccò la spalla. "Ora siamo una famiglia e ci riusciremo insieme. Aiuteremo anche te".

Una leggera fitta di senso di colpa passò lungo la nuca di Marina, quando si rese conto della sua svista. Avrebbe dovuto coinvolgere Jack e Leo nelle sue attività, se lo desideravano. Unire la loro famiglia era importante. Era stata single per tanto tempo.

Eppure amava profondamente Jack e adorava Leo. Sposarsi era stata la parte più facile. Adattarsi l'uno all'altra, compresi i figli e la famiglia allargata, e trovare il tempo per un po' di romanticismo nella loro relazione era un'altra questione.

"Ripensandoci, sono sicura che avrò bisogno di aiuto, lungo il percorso", disse Marina, abbracciando Jack. "Non potrei farcela senza te e Leo".

Non aveva idea di come avrebbe potuto destreggiarsi in tutto, ma in qualche modo ci sarebbe riuscita. Forse, dopo tutto, aveva bisogno del loro aiuto.

9

*J*ack seguì la vecchia auto che procedeva davanti a lui. Quando si fermò al semaforo, la affiancò. "Accosta in quel parcheggio. Dobbiamo parlare".

Dopo essersi fermato, Jack si infilò in tasca un piccolo dispositivo. Scese dal furgone e si avvicinò all'auto dell'altro uomo. L'ultima cosa che voleva era vedere quel tizio aggirarsi nei pressi di casa sua o per la città. Fece cenno a Chaz di abbassare il finestrino. Jack appoggiò le braccia sul bordo della portiera.

Guardò dietro di sé per vedere se qualcuno lo stesse osservando. "Ti ho visto uscire dal Coral Café. Cosa ci fai a Summer Beach, e che volevi lì?"

"Se vuoi saperlo, stavo cenando. Piuttosto bene, per la verità. Anche se avrebbe potuto essere migliore".

Jack lasciò perdere. Chaz era a conoscenza del suo legame con il locale? La sua presenza lì era più che una coincidenza. Tuttavia, non avrebbe lasciato intendere che si trattava del locale di sua moglie, dato che Chaz forse non lo sapeva. Jack aveva intenzione di fermarsi a pranzo con Marina, ma quando aveva visto quell'uomo uscire dal bar, l'aveva seguito immediatamente.

Jack lo incalzò di nuovo. "Cosa vuoi da me?"

"Hai utilizzato i contatti che ti ho suggerito?"

"L'ho fatto".

Uno era quello di una donna ingiustamente licenziata da una delle più antiche società di gestione patrimoniale del Paese, ed era disposta a parlare. Jack non era nemmeno sicuro di quali domande porgerle, ma non aveva dovuto fare molto di più che ascoltare e rivolgerle qualche occasionale quesito. Era come se lei lo stesse aspettando. O qualcuno come lui.

Gli tornarono in mente le parole di quella signora. *Ho una clausola di non concorrenza. Quindi, non posso praticare l'unica professione che conosco. È sbagliato, soprattutto dopo ciò che è successo.* Poi si lanciò nella sua storia, che non era niente di che, se non per le conoscenze che aveva circa alcuni notevoli movimenti finanziari.

Se non fosse stata ingiustamente licenziata, quella storia non sarebbe mai arrivata a lui.

Per quanto riguarda l'altro contatto, Jack aveva provato a sentirlo, ma una persona così importante non si era nemmeno premurata di rispondere alle sue chiamate. Non sarebbe riuscito ad avere sue notizie senza impegnarsi di più.

Chaz fissò lo sguardo davanti a sé. "Il fatto che tu ti stia occupando della questione comporterà l'apertura di un'indagine, quindi sto mettendo in ordine i miei affari".

"Non starai dicendo sul serio". Jack era sorpreso. "Finalmente sei tornato, e questo è il tuo piano?"

"Non metterla in modo così drammatico. Uno può

organizzarsi per tutta una serie di motivi. I lunghi viaggi, per esempio".

Jack non aveva idea di cosa intendesse dire Chaz. Forse, provava piacere nel prenderlo in giro. Tuttavia, Jack stava mettendo insieme gli indizi, e il quadro che emergeva era affascinante.

"Non dovresti essere a Summer Beach", disse Jack.

"Ho il diritto di stare qui a godermi il paesaggio tanto quanto te".

"Sai cosa voglio dire".

"Una persona può perdersi via in una piccola città come Summer Beach. È per questo che sei qui, Jack?"

"Non sono affari tuoi".

"Ma questo è un mondo così piccolo". Un sorriso gli incurvò le labbra. "A proposito, il locale di tua moglie è affascinante. Non l'avrei mai detto". Premette un pulsante sulla portiera e il finestrino cominciò a scorrere verso l'alto.

Jack raggiunse l'interno e lo fermò. "Non minacciare mia moglie".

"Mai. Sono ancora un gentiluomo, indipendentemente dal mio sfortunato cambio di residenza".

"Allora perché sei qui?"

"Le coincidenze esistono davvero", rispose Chaz pensieroso. "Nella vita ce ne sono tante, di piccole, che diamo per scontate. Ti viene in mente il tuo vecchio amico John, squilla il telefono, ed è lui. O magari lo incontri per strada, in una città con milioni di persone. Ma quando le coincidenze sono davvero significative? Quelle finiamo per metterle in dubbio".

Ora stavano facendo progressi. "Fammi un esempio".

Chaz scosse la testa. "Lo troverai. Ora puoi fidarti di me, Jack, anche se ti sarà difficile crederlo".

"Perché dovrei?"

L'altro uomo sospirò. "Perché non voglio niente da te. È stato un bel gesto da parte tua pagare il conto a pranzo, ma non è necessario".

"Vuoi che scriva una storia".

"Che venga pubblicata o meno, ormai le cose si sono messe in moto. Addio, Jack".

Jack fece un passo indietro, irritato dall'incontro e dalla mancanza di informazioni. Avrebbe mai condotto una vita normale, o era destinato a portarsi dietro con sé il suo passato e i personaggi che aveva incontrato nel corso della sua vita?

Aveva detto a se stesso che sarebbe stato il suo ultimo incarico. Tuttavia, gli piaceva lo stimolo intellettuale che la ricerca della verità gli procurava. Era possibile continuare a svolgere quel lavoro da Summer Beach senza mettere in pericolo la sua famiglia?

Jack non conosceva la risposta. Tornò al suo furgone, salì e spense il piccolo registratore.

Mentre tornava verso il cottage, cercò di immedesimarsi nella situazione di Chaz. Cosa voleva, in quella fase della sua vita?

Non era più il benvenuto nella stimata parte di società di cui un tempo faceva parte. Quella vita sarebbe rimasta per sempre fuori dalla sua portata. La sua famiglia lo aveva ripudiato, sua moglie aveva divorziato prima di morire e da qualche parte aveva un figlio che non voleva saperne di lui.

Era una vendetta? Jack non riusciva a individuare alcun legame diretto tra gli indizi di Chaz e la sua vita precedente. Il *perché* di tutto ciò gli sfuggiva. Ed era l'aspetto più frustrante. Una volta collegati i motivi per cui le persone avevano agito in un certo modo, le storie in genere si mettevano a posto. Le motivazioni abituali erano avidità, vendetta e persino lussuria.

Ma Chaz? Il suo crimine era stato quello di essere stato socio dell'uomo sbagliato, Charles Bennington, il padre di sua moglie. Jack tamburellò le dita sul volante, pensando a ciò che ricordava di quella strana storia.

Chaz, il cui nome era Charles Milford Smith, aveva preso il cognome di sua moglie al momento del matrimonio, diventando Charles Bennington-Smith e abbandonando alla fine la parte Smith del nome. Molti pensavano che fosse il figlio del vecchio Charles. Da quello che Jack aveva sentito dire, Chaz non si preoccupava molto di correggere gli altri, così come il suocero.

Jack sapeva perché Chaz non voleva parlarne. La sua famiglia aveva perso tutto durante un *crack* immobiliare e suo padre lo rimproverava di non essere stato presente per aiutare, anche se stava studiando all'Università di Princeton.

Durante la sua collaborazione con il signor Bennington, Chaz aveva spesso firmato documenti, mettendo raramente in discussione le azioni del suocero. Si era goduto la bella vita, senza mai immaginare che il mondo privilegiato in cui era riuscito ad approdare potesse svanire.

O forse l'aveva fatto, e quand'era successo, ne era rimasto profondamente colpito.

Come aveva detto a Jack anni prima durante il processo, se avesse fatto troppe domande avrebbe rischiato di perdere tutto. Seguì l'esempio del suocero, finché tutto non gli si sgretolò intorno.

Jack non aveva mai pensato molto a Chaz prima, ma ora era un personaggio intrigante, se non altro perché non riusciva a capire il suo attuale movente.

Una sveglia sul suo telefono suonò, e Jack si rese conto che aveva mezz'ora prima di una chiamata importante. Non aveva più tempo per andare al locale.

Tornò verso casa, continuando, mentre guidava, a ripensare alla conversazione con Chaz. Che cosa intendeva quell'uomo, per "coincidenze"?

10

Quando Marina si alzò, tutti i presenti nel salone del Municipio applaudirono.

"Grazie", disse, alzando la mano in segno di apprezzamento. "So che siamo tutti ansiosi di metterci al lavoro. Molti di voi conoscono mia nonna, Ginger Delavie, che quest'anno sarà il Gran Maresciallo".

Seguì uno scroscio di applausi. Seduta in prima fila, Ginger si alzò e si girò, salutando i suoi amici. Kai e Axe si sedettero con lei.

Tuttavia, Heather era rimasta a casa. Anche se si sentiva meglio, diceva di essere stanca. Quando Marina era arrivata al cottage per controllarla, l'aveva sentita parlare al telefono con Blake. Ecco perché, forse, aveva deciso così.

Marina ringraziò la folla per essere venuta. "Sarà un grande festival per Summer Beach, e porterà molti visitatori, il che è positivo per la nostra economia. E come dice mia sorella Kai, è un evento unico nella vita. I nostri nipoti e pronipoti probabilmente organizzeranno il prossimo.

Quindi, scattate tante foto per loro. Chi vuole essere il fotografo ufficiale?".

Tutti risero e un giovane agitò la mano. Jack prese il suo nome e lo annotò su una cartellina.

La sala era affollata, quella sera. Il sindaco era seduto con Jen e George, gli amici del negozio di ferramenta, che indossavano i loro soliti jeans e giacche di denim. Jack era seduto con gli amici di Vanessa, John e Denise, la cui figlia Samantha era la migliore amica di Leo. Vicino a loro c'erano Leilani e Roy Miyake del *Giardino Nascosto*, dove Marina e Ginger compravano le loro piante.

C'era anche Cookie O'Toole, l'organizzatrice dal viso paffuto responsabile del mercato agricolo. Così come Rosa, proprietaria del primo food truck di Summer Beach, *Rosa's Tacos*. Entrambe le donne erano desiderose di partecipare, ma non andavano d'accordo.

Marina sperava che quella sera ci riuscissero.

Guardò l'ordine del giorno che aveva stilato. "Oggi abbiamo molte cose di cui parlare. Innanzitutto, se vi siete già offerti volontari per un compito, alzate la mano. Jack distribuirà un foglio di iscrizione. Avremo bisogno del vostro nome, di ciò che volete fare e delle vostre informazioni di contatto".

La mano di Cookie si alzò di scatto. "Sto supervisionando i venditori di cibo".

"No, non credo", disse Rosa, facendo un cenno dall'altra parte. "Me ne sto occupando io".

Marina guardò il sindaco in cerca di aiuto, ma Bennett si limitò a scrollare le spalle. "Rhoda ha risolto la questione prima di partire?"

"Mi ha detto che questa volta ce l'avrei fatta", disse Rosa.

"Non facciamo le cose a turno, come i bambini dell'asilo", ribatté Cookie. "Sono io la responsabile. Se qualcuno deve gestire la ristorazione durante questi festeggiamenti, dovrebbe conoscere tutti i fornitori locali".

Rosa sollevò un sopracciglio. "Li conosco tutti a Summer Beach. Non solo quelli del mercato agricolo".

La vecchia rivalità era ancora viva.

"Signore", disse, intervenendo. "Vi stimiamo entrambe. Collaboriamo. Rosa, la tua esperienza nel mondo del fast food sarà essenziale. E Cookie, le tue conoscenze tra i fornitori locali saranno preziose. Sarete entrambe capi".

Cookie e Rosa si scambiarono uno sguardo. Marina sperava di scorgere tracce di rispetto reciproco, ma non ce n'era.

"Non posso lavorare con lei", si lamentò Cookie.

"O si fa così, o troverò qualcun altro che se ne occupi". Marina strinse le labbra e aspettò.

Aveva sentito parlare della loro faida, ma non sapeva cosa ci fosse dietro. Sembrava che Cookie avesse impedito a Rosa di portare il suo camioncino al mercato agricolo o di avere una bancarella lì. Per ritorsione, Rosa aveva parcheggiato il camioncino vicino a uno degli ingressi.

"Ok, ok", disse Cookie, lanciando un'occhiata sprezzante a Rosa, che sembrava altrettanto turbata. "Lavoreremo insieme".

Rosa e Cookie accettarono a malincuore, ma Marina aveva la sensazione che non sarebbe stata l'ultima volta che avrebbe sentito parlare di quella faccenda.

La prima crisi è scongiurata, pensò Marina. "Il prossimo passo sarà l'organizzazione della sfilata. I partecipanti e il loro ordine. Chi ci sta lavorando?".

Jen si alzò in piedi. "Io e George possiamo lavorare in

squadra. E ci offriremo volontari per aiutare chi sta costruendo i carri. Venite a trovarci da *Nailed It* per una consulenza".

"Che bel gesto; grazie, Jen". Marina si sentì sollevata dal fatto che qualcuno, oltre a lei, avrebbe rispettato il programma.

Kai si chinò e parlò al marito. Axe si alzò in piedi, con gli stivali da cowboy che lo facevano sembrare ancora più alto. "Il mio team di costruttori può anche dare consigli su questioni tecniche. Vi dispiace se lavoriamo insieme?"

"Ci farebbe piacere", disse Jen, mentre George annuiva.

Un altro residente alzò la mano. "Come verrà deciso l'ordine di sfilata?".

Jen si rivolse a lui. "Guarderemo i partecipanti e vedremo cosa ha più senso fare".

L'uomo continuò: "Ho donato molti soldi al comitato, quindi dovrei essere il primo della fila".

Marina vide Jack soffocare una risata. "E tutti coloro che parteciperanno apprezzeranno la tua generosità. Ma quel posto è tradizionalmente riservato al Gran Maresciallo e al Sindaco".

Ancora una volta, Kai e Axe si consultarono. Questa volta Kai si rivolse a Jen. "Possiamo aiutare ad organizzare l'ordine nella parata. È come dirigere uno spettacolo".

"E sappiamo tutti quanto sei brava". Marina fece un cenno a Kai, Axe, Jen e George. "Siete il comitato della parata. Riunitevi e risolvete la questione".

Sentendosi un po' sollevata, Marina picchiettò sulla sua lista. "Ora i partecipanti delle scuole, la banda musicale, il corpo di ballo e i giocolieri".

Un gruppo di insegnanti e di rappresentanti del consiglio scolastico se ne stava occupando e sembrava organizzato. Prese nota dei nomi e delle responsabilità. "Più il club 4-H e la *Summer Beach Homecoming Court*".

Marina alzò lo sguardo. "Cos'altro sto tralasciando?"

"Saremmo felici di partecipare", disse Leilani. Seduto accanto a lei, il marito Roy fece un cenno di assenso.

Un'altra donna si alzò in piedi. "E il *Coastal Surf Club*. Stiamo allestendo un carro".

Altri si aggiunsero con altri commenti, finché Marina non riuscì più a tenere il passo. Si trattava di un lavoro più grande di quanto il sindaco avesse lasciato intendere. Lanciò uno sguardo disperato a Jack, che stava prendendo appunti.

"Hai bisogno di aiuto?" chiese Jack dolcemente.

"Certo che sì". Marina si voltò di nuovo verso la folla. "Se avete altre domande, rivolgetevi al mio nuovo assistente, Jack Ventana. Ne prenderà nota".

Diverse persone iniziarono a parlare contemporaneamente a Jack, che alzò le mani. "Uno alla volta, gente".

"Vi aiuterò", disse Ginger. Diverse persone si rivolsero a lei per discutere di altre idee.

Marina rimase lì per rispondere alle domande e sapere cosa potevano mettere a disposizione i residenti. Fu lieta di conoscere molte persone nuove.

Dopo la riunione, la gente uscì fino a quando rimasero solo Jack e Ginger. Marina e Jack decisero di riaccompagnare Ginger a casa.

Mentre uscivano, Marina le chiese: "Cosa c'è dietro la questione tra Cookie e Rosa?"

"A me è sembrata una feroce competizione culinaria", disse Jack.

Ginger scosse la testa. "Deriva da una vecchia gelosia

che non ha nulla a che fare con il cibo. Al liceo uscivano entrambe con lo stesso ragazzo".

"Aspetta un attimo: al liceo?". Marina si chiese se avesse sentito bene. "Le loro ruggini risalgono a trent'anni fa?"

"Di più", rispose Ginger. "Non sono certo due giovincelle".

Marina scosse la testa. "Ma perché mi sono offerta volontaria?"

"Perché ti piace far parte della comunità, cara", disse Ginger.

Jack toccò la sua cartellina. "Abbiamo ancora vari compiti per i quali nessuno si è iscritto".

Si rivolse a Ginger. "Domani potremmo fare una riunione per organizzare tutto. Chiederò anche a Kai. Se uniamo le nostre risorse e i nostri contatti, possiamo farcela".

"Sono felice di essere d'aiuto", disse Ginger. "Insieme possiamo ottenere di più".

Jack mise un braccio intorno a Marina. "Conta anche su di me".

"Lo apprezzo molto", rispose lei, ricordando la loro conversazione. "Siamo una squadra. Ma tu hai lavorato fino a tardi un sacco di volte". Come poteva rifiutare la sua offerta?

La voce di Ginger interruppe i suoi pensieri. "Jack, mi hai detto che devi finire una storia importante per il tuo editore. Così come le illustrazioni per la nostra collaborazione".

"È vero, ma…".

"Possiamo farcela anche senza di te", disse Ginger. "Quando avrai finito, il tuo contributo sarà ben accetto". Si rivolse a Marina. "A volte, essere una squadra significa riconoscere che uno dei tuoi compagni è impegnato da altre responsabilità, e occorre portare avanti tutto senza di lui per un po'".

"Ginger ha ragione", disse lui lentamente. "Ho quasi finito, e questo mi darà una forte motivazione per concludere".

Marina era sollevata. "Successivamente, ti occuperai anche tu del centenario. Ti prometto che ci sarà ancora molto da fare".

"Mia nipote ha ragione", disse Ginger. "Occupati prima dei tuoi affari. Quanto a te", aggiunse, guardando Marina. "Devi assumere subito un aiutante affidabile".

"È la prima cosa che farò domattina". Marina sorrise a Jack. Sarebbe stata più tranquilla una volta che lui avesse completato il suo articolo.

Ginger sorrise soddisfatta. "Ci vediamo al caffè domattina e, dopo aver sistemato il pranzo, mi incontrerò con Jack per il nostro progetto del libro".

Una volta arrivati al Coral Cottage, Ginger si rivolse a loro. "Jack, caro, mi aiuteresti a prendere alcune scatole dalla soffitta? Ho trovato alcuni oggetti che saranno utili per il centenario. I cartoni sono troppo pesanti per me e Heather non si sente ancora bene".

Marina era ancora arrabbiata con Cruise per aver servito a Heather del cibo avariato. Sua figlia si sentiva meglio, ma l'intossicazione da cibo poteva causare danni all'organismo di una persona per un certo periodo di tempo.

"Felice di aiutare", disse Jack, seguendo Ginger al piano di sopra.

Marina andò dietro a loro per controllare Heather.

Aprì la porta della sua stanza, ma sua figlia dormiva profondamente. Chiuse la porta in silenzio.

Jack era già salito in soffitta prima di lei. Ginger gli stava dicendo quali scatole voleva.

Mentre Marina aspettava che lui gliele passasse, si fermò nel bagno del corridoio.

La carta da parati vintage aveva stampato un motivo floreale, ormai sbiadito, scelto da Ginger anni prima. L'aria all'interno profumava leggermente di lavanda che Ginger aveva portato dal giardino.

Marina stava per andarsene quando vide nello specchio il riflesso di un test di gravidanza sul lavandino, dietro una pila di asciugamani. Kai doveva averlo lasciato lì, pensò.

Ma perché nasconderlo in quel modo? E perché proprio lì?

Marina capì subito a chi apparteneva.

Non era di Kai. Ma di Heather.

Marina trasalì al pensiero. Le erano tornati in mente tutti i discorsi che aveva fatto con sua figlia sulla prudenza e sul non porre dei limiti al suo futuro. Heather aveva ascoltato e sembrava d'accordo. Ma quella era la prova evidente che sua figlia aveva commesso un errore. E poi, con un po' di sconforto, Marina pensò a Cruise.

Non c'era da stupirsi che Heather si fosse arrabbiata per il suo licenziamento.

E, tantomeno, che volesse andare da un medico per la sua intossicazione alimentare. Perché, probabilmente, non era quello il motivo per cui non riusciva a mangiare.

Marina raccolse la piccola scatola. Non aveva intenzione di ficcare il naso, ma Heather avrebbe potuto pensarla così. O peggio, negarlo.

Guardò il lato anteriore della confezione. C'era scritto

tre test all'interno. La linguetta era aperta, e lei guardò dentro. Ne mancava uno.

Automaticamente controllò il cestino, ma era vuoto. Ci pensò. Se uno dei test fosse risultato negativo, qualsiasi donna l'avrebbe gettato via. Ma se l'esito fosse stato positivo, l'avrebbe conservato come prova. Per mostrarlo a un'altra persona... o al suo partner.

Marina chiuse gli occhi, rendendosi conto di quanto quel ragionamento filasse. Si premette una mano sul viso, sentendosi male. Heather e Cruise non erano innamorati, e un figlio avrebbe complicato le loro giovani vite.

Ma avrebbe dovuto essere comunque presente per Heather.

D'impulso, Marina prese un test dalla scatola e se lo infilò in tasca. Anche lei aveva bisogno di una prova.

uori era ancora buio, quando la sveglia di Jack suonò. La spense, baciò Marina e si alzò per preparare il caffè. Avrebbe potuto dormire più a lungo, ma il suo orologio interno era ancora impostato sull'ora della costa Est.

Anche lui aveva avuto difficoltà ad adattarsi alla quiete di Summer Beach quando era arrivato lì. Abituato ai rumori della città, compensava dormendo con le finestre spalancate, lasciando entrare il fragore lontano delle onde che si infrangevano e lo starnazzare dei gabbiani. La brezza dell'oceano era tonificante e lui dava il meglio di sé nella quiete del mattino, una volta che Marina era uscita per andare ad aprire il locale, e dopo la sua corsa sulla spiaggia.

Scout trottava dietro di lui, con le unghie delle zampe che ticchettavano sul parquet mentre teneva il passo di Jack.

"Ehi, vecchio mio. Un po' di acqua fresca?".

Scout rispose scodinzolando.

Jack premette il pulsante della macchina del caffè, che preparavano sempre la sera prima. Mentre l'acqua all'interno gorgogliava, sciacquò la ciotola di Scout e la riempì.

Mentre Scout si scolava l'acqua, Jack guardava il caffè e pensava alla giornata che lo aspettava. Era determinato a fare progressi sulle piste fornite da Chaz, e mettere insieme tutti i pezzi della storia. I dettagli stavano cominciando ad andare al loro posto ed era riuscito a contattare altre persone che confermavano le dichiarazioni di quella donna.

Grandi somme di denaro venivano spostate in tutto il mondo, apparentemente attraverso investimenti. *Vai alla fonte*, gli aveva detto il suo contatto. Sapeva ormai molte cose sulla faccenda, ma gli mancava ancora qualche elemento. Si chiedeva ancora cosa ci stesse facendo Chaz a Summer Beach, al Coral Café.

Sentì Marina alle sue spalle e si voltò, aprendo le braccia verso di lei. "Buongiorno, tesoro". Lei indossava una camicia da notte corta, morbida quasi come la sua pelle.

"Anche a te, amore", disse lei, accoccolandosi nel suo abbraccio. "Sei così caldo".

Stringendola, gli venne in mente un pensiero. "Credi nelle coincidenze?".

Lei gli rivolse un sorriso pigro. "Se è così che vuoi chiamarle".

"È un *sì*?"

Marina si passò una mano tra i capelli. "Non è incredibilmente presto?"

"Mi chiedo solo cosa significhino per le persone".

Mentre il caffè gorgogliava, lui tirò fuori due tazze e

versò il caffè, mentre Marina prese la panna dal frigorifero e ne spruzzò la giusta quantità in ciascuna di esse.

Con le mani intorno alla sua tazza, si appoggiò al bancone. "Si potrebbe sostenere che tutto nella vita sia una coincidenza. O che le cose siano destinate ad accadere. Ma chi lo sa davvero?".

Jack annuì, comprendendo il significato della frase. "Parli come Ginger".

"Lo prendo come un complimento".

Sorseggiò il suo caffè, poi chiese: "Pensi che ci sia molta differenza tra le piccole e le grandi coincidenze?"

"Quelle piccole possono essere divertenti. Cosa intendi per *grandi*?"

"Non ne sono sicuro".

Marina sorrise assonnata. "Forse sono quelle che la gente chiama benedizioni o destino".

"O incredibili colpi di fortuna", aggiunse lui.

"Suppongo che dipenda dal punto di vista". Marina lo baciò. "Il modo in cui ci siamo conosciuti lo definiresti una coincidenza?".

Sorridendo, Jack le accarezzò la spalla. "Io lo chiamo il giorno più fortunato della mia vita. Ehi, non abbiamo un anniversario a breve?".

Oltre il bordo della tazza di caffè, gli occhi di Marina luccicarono,. "Lo stesso giorno del centenario".

"Un'altra coincidenza". Jack rise, ma voleva pensare a qualcosa di particolare per festeggiare. "Vuoi fare qualcosa di speciale?"

"Penso che possiamo escludere una cena da *Beaches*", disse sorridendo.

"È il luogo delle coincidenze mancate". Lì, una volta, si

era dimenticato un appuntamento con Marina, e un altro, in seguito, era stato un disastro.

"Penseremo a qualcosa", disse lei, baciandolo prima di uscire dalla cucina.

La guardò andare via, pensando ancora una volta a quanto fosse fortunato ad averla trovata. E che avrebbe fatto di tutto per proteggerla.

Dopo aver salutato Marina e lavorato tutta la mattina, Jack si recò al cottage di Ginger e si diresse verso l'ingresso della sua casa ben tenuta. Un'altalena di legno era posizionata sul portico anteriore con vista sul mare, dove il suono ritmico delle onde faceva da sfondo rilassante.

Eppure, la sua mente era tutt'altro che calma. Più approfondiva le informazioni fornite da Chaz, più la sua preoccupazione cresceva.

Ciò che aveva messo insieme e confermato quella mattina lo aveva portato a chiamare il suo editore e a coinvolgere un collega, un altro giornalista investigativo. Gli serviva aiuto e sapeva quando chiederlo. Chaz aveva ragione: quella storia era in continuo divenire.

Jack decise che quell'articolo sarebbe stato l'ultimo. Aveva una nuova vita da vivere a Summer Beach.

Quando salì sul portico, notò che la porta era leggermente socchiusa. Toccandola leggermente, esclamò: "Ginger, sei qui?".

Gli giunse la sua voce. "Entra pure, caro".

Lo stava aspettando. Dopotutto, Summer Beach era fatta così. Molte persone non chiudevano le porte o le auto a chiave. Un po' come faceva lui alla fattoria dov'era cresciuto, ma se avesse fatto altrettanto a New York, sarebbe stato derubato e schernito dall'intera città.

Jack conosceva fin troppo bene i pericoli del suo

mestiere. Più si avvicinava alla verità, più il percorso si faceva insidioso.

Sospirando un po' per trovare sollievo, entrò, chiudendosi automaticamente la porta alle spalle. Seguì le flebili note di musica classica che lo conducevano verso la biblioteca.

All'interno, i ricchi scaffali in mogano che si estendevano dal pavimento al soffitto erano pieni di libri rilegati in pelle. Nella stanza si respirava ancora un leggero aroma di tabacco da pipa, anche se Bertrand, il marito di Ginger, non c'era più da diversi anni.

"Sei puntuale", disse Ginger, alzandosi per salutarlo con un bacio su ciascuna guancia.

"Non mi sognerei mai di insultarti facendoti perdere tempo".

Lei inclinò la testa. "Passare del tempo con te è sempre un piacere, mio caro".

Quando lavorava con Ginger, Jack doveva dare il meglio di sé. Per lei il tempo era prezioso e non sopportava gli sciocchi. Lavorare con lei era un esercizio di abilità e intelligenza.

"Prego, accomodati". Ginger indicò con un gesto una poltroncina club accanto a un tavolo rotondo disseminato di fogli delle sue illustrazioni.

Jack si sedette al tavolo dove spesso si incontravano. Quel giorno Ginger indossava un abito di lino grigio tortora con un *lei* di noci kukui, marrone lucido. Una collana un tempo preferita dai reali hawaiani, come lui sapeva, e che aveva probabilmente acquistato durante uno dei suoi viaggi lontani.

Ginger tamburellò le dita, studiandolo. "Come procede il lavoro per il tuo articolo?"

"Stamattina ho fatto molti progressi. Ho coinvolto un collega per aiutarmi nella ricerca".

Annuì soddisfatta. "Mi fa piacere sentirlo. È importante vivere in modo equilibrato".

Lui intuì dove voleva arrivare. "Ci sto lavorando. Marina e Leo sono tutto per me".

"Anche i migliori nuovi matrimoni attraversano un periodo di adattamento". Con gli occhi chiari che brillavano di saggezza, cambiò rapidamente argomento. "Ho studiato queste illustrazioni che mi hai lasciato".

Intrecciando le dita, Jack si chinò in avanti per aspettare il suo giudizio.

Ginger era l'incarnazione della grazia ed era più acuta della maggior parte delle persone con la metà dei suoi anni. I suoi capelli erano ancora di una morbida tonalità color zenzero, da cui aveva tratto il suo soprannome decenni prima. Anche le sue nipoti si erano abituate a usare quell'affascinante appellativo. Tuttavia, il suo raffinato aspetto era solo un involucro per la sua determinazione.

Conoscendo meglio Marina, si era accorto dell'influenza che Ginger aveva su di lei.

Ginger esaminò le sue illustrazioni. "Sono semplicemente meravigliose, Jack. Le tre ragazzine sono adorabili. Mi ricordano tanto Marina, Brooke e Kai quando avevano quell'età. Hai fatto un ottimo lavoro per dare loro di nuovo vita".

Jack sorrise, sentendosi lusingato. "Grazie, Ginger. Faccio del mio meglio per trasmettere la loro essenza".

"Ma qui, non credi che questa dovrebbe rivolgere lo sguardo avanti, insieme alle altre ragazze?"

"Avevo ipotizzato che potesse dare un'occhiata indietro al loro cane".

Ginger ci pensò. "Va bene, capisco. Allora inseriamo anche lui".

"Naturalmente".

Ci fu un breve momento di silenzio. Tuttavia, Jack faticava a tenere a bada i pensieri. Lottava contro l'impulso di confidarsi con Ginger, di chiederle consiglio sulla questione che premeva sulla sua coscienza.

Perché aveva proposto quella storia? Ci aveva girato intorno per anni, quando i protagonisti erano stati condannati e mandati in prigione. *Charles Bennington, il più anziano.* E Chaz. Ma ora la faccenda andava vista da una nuova prospettiva, e coinvolgeva un nuovo giro di persone. Il precedente schema Ponzi, con il relativo furto di patrimoni, impallidiva al confronto.

Guardò nella stanza i numerosi riconoscimenti che raccontavano la carriera diplomatica di Bertrand e le imprese matematiche di Ginger. Il suo amore per gli enigmi e i codici cifrati era ovunque, se si sapeva dove guardare.

Un paio di cuscini da ricamo contenevano un messaggio d'amore per il marito defunto, reso in un cifrario che sembrava un vago disegno.

Se c'è qualcuno che poteva dare consigli su una situazione complessa, era lei.

Annotò degli appunti su un taccuino e glielo porse. "Queste modifiche andranno bene. Poi potremo inviare il manoscritto completo e le illustrazioni all'editore".

"Glielo girerò subito". Si spostò sulla sedia.

"Bene. C'è qualcos'altro?". Ginger si tolse gli occhiali da lettura.

"Se hai tempo. Si tratta della storia che sto seguendo".

Si sedette e strinse le mani. "Oggi sì, grazie per averlo chiesto".

Poteva fidarsi di Ginger. Non aveva mai parlato delle informazioni sensibili di cui era venuta a conoscenza. Le sue storie ruotavano intorno a viaggi, feste e persone affascinanti. Non avrebbe rivelato i suoi segreti. Naturalmente si fidava di Marina, ma non voleva darle questo peso. O preoccuparla. Eppure...

Rapidamente, espose il caso su cui stava indagando, senza fare nomi. Una società di gestione patrimoniale di alto livello con dirigenti segreti, un politico di alto profilo, una scia di società di comodo estere e l'occultamento di somme di denaro inimmaginabili. Investimenti con rendimenti troppo belli per essere veri, e uno schema tanto ingegnoso quanto pericoloso.

Ginger assorbì tutto, con uno sguardo penetrante ma comprensivo. "Affascinante. E piuttosto impegnativo".

"Mi piace svelare le malefatte". Jack si schiarì la gola. "Tuttavia, ho delle preoccupazioni. Personali, s'intende".

"Per la tua famiglia".

Jack annuì. Marina, Leo, Heather, Ethan e il resto della sua famiglia in Texas.

"Naturalmente", esordì, scegliendo con cura le parole. "A volte la ricerca della verità è costellata di pericoli. Ma, con la giusta strategia e discrezione, si può navigare anche nelle acque più insidiose. Il tuo dovere è importante, ma lo è di più la tua famiglia. Procedi con cautela, raccogli tutte le prove, ma assicurati che ci siano delle garanzie".

"Continueresti, al mio posto?".

Ginger scosse la testa. "Non posso prendere le decisioni al posto tuo, Jack. Sei un uomo intelligente, quindi fidati del tuo istinto. Finora ha funzionato bene".

"Di solito, sì".

"Allora saprai se è il caso di tirarti indietro".

Jack annuì, sentendo le spalle un poco più lievi. La prospettiva equilibrata di Ginger gli stava dando una direzione. "Marina sospetta che non sia tutto a posto, con questa storia".

"Ha un buon istinto, ed è più forte di quanto tu possa immaginare". Ginger prese una penna e annotò un nome sul suo blocco. "Lui è un ex collega che potesti chiamare, se hai bisogno".

"Come se fosse un'ancora di salvezza?"

"Qualcosa del genere". Ginger staccò il foglio e glielo porse. "Fai il mio nome, naturalmente. Sei mio genero".

Mentre usciva, si rese conto che doveva includere anche Ginger in quella sorta di protezione. Era determinato a scoprire la verità e a tenere al sicuro la sua famiglia. Quella storia era diventata più di uno stipendio o un modo per garantire un'istruzione a Leo; aveva rinnovato la sua passione per il lavoro di cui era esperto. Tuttavia, doveva guardarsi le spalle.

E fare attenzione alle coincidenze.

Avrebbe ultimato quanto doveva fare e consegnato la storia appena possibile. Gus aveva convenuto che si trattava di un compito più impegnativo di quanto avessero pensato, e stava già mettendo insieme un'apposita squadra di lavoro.

Le promesse fatte da Jack a Marina e Leo erano importanti. Aveva conosciuto colleghi che avevano sacrificato matrimoni e relazioni per la carriera. Un tempo, nella sua vita, lo aveva fatto anche lui.

Ma non questa volta.

12

Mentre Marina puliva la cucina dopo il pranzo, dava istruzioni al suo team di nuovi assunti. Era sollevata dal fatto che il *sous chef* che aveva assunto l'anno scorso fosse ancora disponibile. Aveva anche chiamato un'altra giovane donna che aveva già dato una mano in alcuni lavori di catering.

Per gestire i festeggiamenti del centenario, doveva farsi aiutare.

Non avrebbe potuto più contare su Heather come prima, soprattutto perché sua figlia sarebbe tornata all'università in autunno.

Il giorno prima Heather era uscita di corsa per incontrare Blake, quindi l'aveva sostituita. La famiglia di leoni marini stava per essere liberata e Heather non voleva perdersi quel momento. Marina non poteva negarglielo, anche perché Blake le piaceva.

Ma poi pensò a quello che aveva scoperto nel bagno di Heather da Ginger. Doveva trovare il tempo per parlare da sola con sua figlia. Sperava di poterla raggiungere in giornata. Heather, dopo pranzo, era sparita subito.

Al momento, Marina doveva lavorare all'organizzazione del centenario. Non avrebbe deluso il sindaco o i residenti di Summer Beach. L'evento avrebbe portato molti turisti e messo in mostra la storia e il futuro della comunità. E come Ginger amava sottolineare, sarebbe stato un bene per gli affari.

La giornata era nuvolosa, quindi molti amanti del sole probabilmente stavano facendo shopping o coccolandosi con qualcos'altro. Al termine dell'ora di pranzo, quel giorno, il suo locale era più tranquillo del solito, ma Marina ne era felice. Con la sua nuova brigata che si occupava della cucina, aveva chiesto a Kai e Ginger di unirsi a lei.

"Ciao, tesoro", disse Ginger entrando in cucina. "Sei pronta a iniziare questa sessione di pianificazione?"

"Certo che lo sono". Marina prese un taccuino e la raggiunse.

Scelsero un tavolo ai margini del patio, dove Marina poteva vedere la cucina e l'ingresso del bar. Se il suo nuovo *sous chef* avesse avuto bisogno di aiuto, lei era lì.

Kai entrò di corsa, indossando una maglietta luccicante con il nome di uno spettacolo di Broadway a cui aveva partecipato. "Scusate il ritardo".

"Immaginavo che lo fossi", disse Marina. "Cominciamo".

Kai le lanciò un'occhiata di sottecchi. "Tutto bene?"

"Perché me lo chiedi?"

"Sembra che tu abbia qualcosa per la testa", rispose Kai.

Marina non era brava a nascondere le sue preoccupazioni. Aveva bisogno di parlare con Heather. *Da sola.*

"Questo evento, ovviamente". Si diede subito una regolata.

Ginger ridacchiò. "Abbiamo molto da festeggiare con questo centenario".

"E meno tempo di quanto pensiamo", disse Marina. "Se lavoriamo insieme, possiamo fare di questo evento uno dei migliori che Summer Beach abbia mai visto. La comunità è stata benevola con noi. Credo che sia il nostro modo di restituire qualcosa alla città".

Kai sorrise, i suoi capelli ondulati biondo fragola le ricadevano sulle spalle mentre si chinava in avanti. "Sono così emozionata. Sarà uno spettacolo straordinario".

Ginger guardò le sue nipotine con trepidazione. "Un'adeguata pianificazione è fondamentale. Il sindaco si aspetta una bella folla, vista la promozione che la città sta facendo".

"C'è un tema?", chiese Marina.

Non aveva prestato molta attenzione al centenario in sé, se non per il fatto che sarebbe stato un fine settimana impegnativo per loro. I suoi amici del Seabreeze Inn e del Seal Cove Inn avevano detto di essere al completo da mesi.

Ginger assunse un'aria pensierosa. "Questo evento dovrebbe onorare il passato di Summer Beach e allo stesso tempo guardare al futuro".

"Capito". Kai scarabocchiò qualcosa su un blocco note.

Marina era ancora nella fase di riflessione ad alta voce. "Mi piace l'idea di mettere in risalto le varie epoche per creare un'esperienza che unisca la nostra ricca storia con le attrazioni attuali. Kai, tu e Axe avete costruito molte scenografie per il Seashell, l'anfiteatro. Cosa ti viene in mente?".

Kai batté la penna. "Possiamo organizzare qualcosa

che vada dall'epoca della fondazione a oggi. Avrebbe comunque senso, perché i carri e le squadre di ballo più sfavillanti sono dell'era moderna".

"Ha senso", disse Marina. "Con il tuo occhio da direttore creativo, come te lo immagini?"

"Mi informerò con le persone che hanno costruito i carri per vedere come rappresentano le epoche più significative della storia di Summer Beach". L'entusiasmo di Kai cresceva man mano che parlava. "Come i pescatori dei primi anni del Novecento, i primi surfisti degli anni '60 e gli imprenditori della città di oggi. Non sarà una grande parata come quelle che si vedono in televisione, ma possiamo fare in modo che sia divertente come una festa in spiaggia. Dopotutto, è ciò che siamo".

"Mi piace", disse Marina, entusiasta dell'idea. "Celia e Tyler si sono offerti di aiutare a finanziare e coordinare gli sforzi della scuola. Stanno lavorando a dei piccoli carri per mostrare la loro visione del futuro di Summer Beach".

"Molto bene", disse Kai. "Abbiamo un sacco di oggetti di scena che possono usare".

"I bambini lo adoreranno". Gli occhi di Ginger brillarono. "Ricordo i luna park che una volta si fermavano qui. Voi ragazze avete sempre amato la ruota panoramica".

"Sarebbe divertente. Chi chiamiamo per occuparsene?", chiese Marina.

"Posso provare a vedere chi è disponibile", disse Kai.

"E controllerò con il municipio i permessi", aggiunse Marina, prendendo appunti. La sua mente stava già correndo in avanti. Guardò la lista. "Ora, per quanto riguarda il club di auto d'epoca…".

"Nan e Arthur di *Antique Times* sapranno cosa fare", disse Ginger. "Possono contattare i club di auto d'epoca.

Molti proprietari di alcune bellezze vintage sarebbero felici di mostrarle al pubblico".

Marina sorrise, immaginando il percorso della parata di Main Street pieno di scintillanti *hot rod* d'epoca e vetture da spiaggia, con i motori che rombavano e il sole che scintillava sulle cromature e sulle vernici lucide.

Tutto ciò cominciava a prendere forma nella sua mente.

Kai tamburellava le dita sul tavolo, canticchiando alcuni brani dei musical. I suoi occhi si illuminarono e schioccò le dita. "La scuola di danza della città gareggia in tutto il sud della California. Avranno dei costumi e dei numeri incredibili. Un fiume scintillante di lustrini e piroette".

"Ottima idea", disse Marina. "Ai bambini probabilmente piacerebbe molto partecipare a una sfilata".

"Conosco la proprietaria dell'accademia di danza", disse Ginger. "Sarò felice di chiederglielo".

Kai saltò sulla sedia. "E abbiamo il campo estivo di teatro giovanile che stiamo organizzando quest'anno. Sarebbe un bel divertimento e, darebbe loro una visibilità incredibile".

L'entusiasmo di sua sorella era contagioso. Ginger ridacchiò, e Marina immaginò dei giovani ballerini e aspiranti star di Broadway che davano alla parata il loro fresco tocco di brio.

Kai si portò una mano alla bocca. "Oh, no. Samantha, l'amica di Leo, si è iscritta al nostro campo di teatro. Credo che anche lei frequenti la scuola di danza. Dovrà scegliere, ma le renderò più allettante l'idea di far parte del gruppo teatrale".

"Sento che sta nascendo un'altra rivalità", disse Ginger ridendo.

Proprio in quel momento, Marina notò Cruise dirigersi di corsa verso la casa della nonna. "Cosa ci fa qui?"

"Chi?", chiese Kai, voltandosi.

Heather uscì dalla porta laterale e lo salutò.

Marina fece per alzarsi, ma Kai le afferrò il polso. "Rilassati, sta solo andando a trovare Heather. Lo avrai anche licenziato, ma non puoi licenziare l'amicizia. Non metterli in imbarazzo".

Marina tornò a sedersi sulla sedia, ancora irritata per il suo comportamento. E ora era ancora più preoccupata per Heather.

"Torniamo al lavoro", disse Kai. "E i cavalli? Conosciamo qualcuno che potrebbe voler partecipare alla sfilata?".

Marina ci rifletté per un attimo, cercando di non pensare a Cruise e a Heather. "Ho una cliente che mi ha invitato nel suo ranch. Viene in città a trovare sua sorella. Aspetta, cerco il numero". Scorse i contatti sul telefono. "Eccola qui. Jillian di *Equine Rescue*. La chiamo subito?"

"Perché no?" Disse Ginger, sporgendosi in avanti. "Mettila in vivavoce".

Marina compose il numero di Jillian e aspettò. Ricordò che Jillian aveva detto di essere spesso in giro per sentieri. Dopo qualche squillo, rispose.

"*Summer Beach Equine Rescue*, parla Jillian".

Marina presentò Kai e Ginger e le parlò del centenario. "Abbiamo pensato che alcuni dei vostri cavalieri e cavalli potrebbero voler partecipare a un tributo alla vecchia Summer Beach".

"Ci piacerebbe farne parte", disse Jillian, con voce

entusiasta. "Lo abbiamo fatto in altre comunità. È un'ottima pubblicità per la nostra raccolta fondi".

Marina sorrise, immaginando i cavalli che saltellavano lungo Main Street.

Jillian continuò: "Che ne dite di sei cavalieri in costumi d'epoca?"

"Perfetto", disse Marina. "Vi troveremo un buon posto nello schieramento della parata, per garantire ai cavalli un percorso e uno spazio sicuri".

Lei e Jillian discussero alcuni altri dettagli e poi si salutarono. Marina provò un moto di orgoglio, sapendo che la sfilata stava prendendo forma.

Proprio in quel momento vide Heather e Cruise andarsene via insieme.

Lo notò anche Kai. "Heather deve sentirsi meglio".

"Ieri era in piedi, e se ne andava in giro". Marina guardò i due salire sulla decappottabile di Cruise, con il cuore che le doleva per Heather e la rabbia che le saliva contro di lui.

Ginger seguì il suo sguardo. "Pensi che possa esserci qualcosa tra loro?".

Kai si rivolse a Marina. "Heather ti ha mai detto se usciva con qualcuno?".

Marina scosse la testa. Si rese conto di non conoscere tutti gli amici di Heather all'università. Sua figlia era cresciuta così in fretta.

Kai le prese la mano. "Lasciale spazio. Heather è adulta".

"È di questo che ho paura".

"È difficile lasciare andare uno dei propri bambini", disse Ginger, posando la mano su quella di Marina.

Marina scosse la testa. Per tutta la vita aveva cercato di

compensare la morte di Stan, riempiendo i gemelli di attenzioni e cercando di realizzare i loro sogni. Ethan stava andando avanti come fanno i giovani, ma lei e Heather avevano sempre avuto un legame speciale. Era vicina anche ad Ethan, ma in modo diverso.

Solo che, evidentemente, era successo qualcosa.

"Forza, torna al lavoro, mamma iperprotettiva", disse Kai, battendo sul tavolo. "Lascia che tua figlia faccia i suoi errori. Noi ci siamo divertiti, facendoli. Perché lei non dovrebbe?".

Marina non poteva rispondere. Abbassò lo sguardo sul suo taccuino.

"Forse c'è qualcuno che possiamo chiamare per un carro da surf vintage", disse Kai, scorrendo i contatti del suo telefono. "Duke Kalani. Era nel nostro spettacolo natalizio, *Un canto di Natale… in spiaggia*. È stato molto divertente".

Marina ricordò chi era. Duke era una leggenda del surf locale che dava lezioni sulla spiaggia.

"Tocca a me fare una magia", disse Kai. Selezionò il suo nome e aspettò che rispondesse.

"Aloha, sono Duke", rispose una voce profonda e amichevole.

"Duke, sono Kai Moore. Come va?"

"Kai, è da tanto che non ci sentiamo. Che succede? Hai un altro spettacolo?"

"Sempre, ma chiamo per la grande parata del centenario di Summer Beach. Vogliamo dare risalto al surf. Ho pensato che forse tu e alcuni amici potreste partecipare alla parata con le vostre tavole. Potreste aiutare a costruire i carri. Sarà molto divertente, come costruire le scenografie al Seashell". Gli raccontò quello che immaginava, cercando di renderlo il più emozionante possibile.

"Sembra epico", disse Duke. "Spargerò la voce".

"Assolutamente", concordò Kai. "Sarà una grande festa".

Kai riattaccò e si rivolse a Ginger. "Sei la prossima. Chi conosci che vorrebbe partecipare ai festeggiamenti del centenario?"

"Chi è che non conosce, lei?" Marina sorrise alla nonna.

"Beh, vediamo", disse Ginger. "Che ne dite di aggiungere un po' più di musica e ballo?". Mentre Kai mandava dei messaggi ai suoi contatti, Ginger scorreva quelli sul suo telefono e fece una pausa. "Eccone uno".

Mise il telefono in vivavoce al centro del tavolo e il piccolo gruppo si sporse in avanti quando il telefono squillò.

"Marta, cara", disse Ginger quando la sua amica rispose, scambiandosi i convenevoli. "Stiamo organizzando una spettacolare parata per il centenario della città".

"Ho sentito", disse Marta. "E complimenti per essere stata scelta come Gran Maresciallo quest'anno".

"Lo apprezzo, ma mi piacerebbe condividere i riconoscimenti. Sono sicura che la gente sarebbe felicissima se la vostra Società Corale partecipasse".

"Che idea meravigliosa", disse Marta. "Chiederò ai nostri membri, ma credo che a tutto il gruppo piacerebbe molto partecipare a questa rievocazione storica. Che ne dite di un medley di canzoni dall'epoca della fondazione fino ai giorni nostri?"

"Meraviglioso", disse Ginger, strizzando l'occhio a Marina e Kai. Condivise i dettagli dell'evento con Marta.

Dopo aver confermato la partecipazione della Società Corale, Ginger chiamò la direttrice della *Summer Beach Dance Academy*. Propose che gli studenti eseguissero delle coreografie mentre si muovevano lungo il percorso della parata. La direttrice accettò subito.

Ginger chiuse la chiamata, in segno di trionfo. "È così che si fanno le cose in questa città".

Kai le diede il cinque. "Brava!"

"Dovremo coordinare tutti i partecipanti", disse Marina mentre prendeva appunti.

"Lo faremo io e Axe", rispose Kai. "Organizzare una parata non è molto diverso dal mettere in scena uno spettacolo teatrale. Le persone devono solo conoscere le loro indicazioni. Troveremo un ordine che abbia senso".

Avevano ancora molti dettagli da definire, ma Marina si sentiva sollevata per i progressi compiuti.

Il telefono di Kai squillò e lei lesse rapidamente un messaggio. "Un'altra grande notizia. Ho appena mandato un messaggio al mio amico Theo, il giocoliere del teatro. Lui e altri artisti di strada vogliono partecipare alla parata. È un'occasione per mettere in mostra il loro talento".

"E l'anfiteatro Seashell", disse Marina. Le conoscenze teatrali di Kai si stavano rivelando preziose.

"Oh, e avrei un'altra idea", disse Kai. "Alcuni dei truccatori del teatro possono dipingere i volti di bambini e adulti. Aggiungerebbe un po' di spirito alla festa".

"Mi piace", disse Marina, prendendo nota dell'idea. Sarà la sfilata più colorata e vivace che Summer Beach abbia mai visto. "Ora, se solo riuscissimo a tenere separate Cookie e Rosa. La loro rivalità non si è ancora spenta".

L'avevano chiamata entrambe, cercando di individuare i punti di ristoro migliori lungo il percorso della parata.

Anche se aveva chiesto loro di lavorare insieme, certe vecchie abitudini erano dure a morire.

Ginger si chinò in avanti, intrecciando le dita sul tavolo del caffè. "Potrei avere un'idea che le soddisfi entrambe. Per lo meno, le terrebbe separate".

Marina e Kai si guardarono. La saggezza e la diplomazia della nonna erano leggendarie a Summer Beach. Se c'era qualcuno che poteva mediare tra le due rivali, era lei.

"Ecco la mia idea", esordì Ginger. "Perché non allestiamo due punti di ristoro, uno per ogni estremità del percorso della parata? Cookie potrà averne uno con gli stand del mercato agricolo. Rosa l'altro, con i suoi tacos di pesce e i suoi amici del food truck. In questo modo potranno dividere la folla".

Il volto di Kai si illuminò. "Ognuna di loro avrebbe il proprio spazio per mettersi in mostra".

"Esattamente", disse Ginger. "Ci sarà qualcosa e un posto per tutti".

"Mi sembra un buon piano", disse Marina, aggiornando rapidamente i suoi appunti. "Chiamerò Cookie e Rosa. Con un po' di creatività nella programmazione, credo che riusciremo a fare funzionare tutto senza problemi".

"Sai sempre come unire le persone", disse Kai, stringendo la mano di Ginger. "O a tenerle separate".

Marina tirò un sospiro di sollievo. Se avessero prestato molta attenzione ai dettagli, la festa del centenario di Summer Beach sarebbe stata un successo. I tre continuarono a mettere a punto i piani per la parata del centenario, confortati dalla partecipazione dei gruppi chiave e dalla prospettiva di assicurarsi degli sponsor. Anche Jack avrebbe avuto la sua occasione di contribuire all'evento.

Con la sua famiglia al fianco, Marina era sicura che avrebbero reso la festa del centenario un successo. Non riusciva a pensare a nulla che potesse ostacolare il flusso degli eventi. Dopo tutto, quanto poteva essere difficile camminare o guidare lungo Main Street? Kai e Axe avrebbero messo in fila le persone e il gioco sarebbe stato fatto.

Marina controllò l'ora, chiedendosi quando Heather sarebbe stata di nuovo libera. Doveva parlarle al più presto. Non era una conversazione che pensava avrebbe mai avuto con sua figlia o con suo figlio, se è per questo.

Ma sarebbe stata coraggiosa, e avrebbe affrontato la situazione. Non era la cosa peggiore che potesse accadere.

Marina aveva cresciuto due figli da sola. Se le cose stavano così, se la sarebbero cavata. Lanciò un'occhiata a Ginger e Kai, che stavano ancora chiacchierando allegramente sull'organizzazione dell'evento.

Dopo un po', Kai chiuse il suo blocco note. "Per me oggi è tutto. Farò altre telefonate a casa, ma voglio mettere su un sugo alla marinara da cuocere a fuoco lento prima di cena".

Quando Kai se ne fu andata, Marina si rivolse a Ginger. "Hai tempo per parlare?"

"Naturalmente. Cosa ti passa per la testa?".

Marina incrociò le mani per non farle tremare. "Si tratta di Heather".

13

Finalmente Marina era riuscita a raggiungere Heather. Ginger aveva chiamato quando Heather era arrivata a casa, così Marina si precipitò ad incontrarla, anche se era tardi.

Heather era stata fuori fino tarda sera con Cruise e il giorno prima aveva trascorso l'intera giornata con Blake e la famiglia di leoni marini.

Jack si era chiesto perché Marina stesse uscendo così tardi. Si era sentita in colpa per non aver condiviso i suoi sospetti con Jack, ma anche lei stava vivendo un momento abbastanza difficile. Gli aveva semplicemente detto che aveva bisogno di parlare con Heather.

"Entra, tesoro", disse Ginger aprendo la porta. "Heather è di sopra, nella sua stanza. Chiamami se hai bisogno di me".

"Grazie, lo farò. Voglio parlarle da sola, all'inizio". Marina si era confidata con Ginger per avere un sostegno morale. Non sapeva come Heather avrebbe gestito quella discussione. Ma avrebbero affrontato insieme tutto ciò che fosse necessario.

"Naturalmente. Capisco".

Marina iniziò a salire le scale, sollevando un piede pesante dopo l'altro. Una nuvola di ansia si posò su di lei. Pensava al futuro, ai sogni e ai progetti di Heather. Il peso di quell'inaspettata notizia le fece crollare le spalle e lottò per mantenere la calma. Nel tranquillo mondo della casa di Ginger, Marina stava affrontando una realtà potenziale che avrebbe potuto cambiare tutto.

Ginger le aveva aiutate a superare la tragedia dei loro genitori. Aveva continuato a crescere Brooke e Kai, e assistito Marina durante la morte di Stan e la nascita dei suoi gemelli. Se c'era qualcuno che sapeva come gestire situazioni familiari come quella, era proprio lei.

Ma ora era il turno di Marina. Bussò alla porta di Heather. "Ciao tesoro, sono la mamma. Hai un minuto?".

La porta si aprì di scatto. "Cosa ci fai qui?"

"Dovevo prendere una cosa", esordì Marina, poi scosse la testa. "No, non è vero. Ho bisogno di parlarti".

Heather si accigliò e la fece entrare. Si sedette sul letto mentre Marina prese una sedia dalla scrivania.

Heather indossava una maglietta e dei pantaloni da yoga. A Marina sembrava ancora così giovane, ma lo era non molto più di lei, quando si era sposata con Stan.

Non è più una bambina, ma per me lo è ancora. E lo sarà per sempre.

"È successo qualcosa con Jack?", chiese Heather, corrugando la fronte con preoccupazione.

"No, sta bene".

Heather sembrava confusa. "Allora perché sei qui?".

Marina non sapeva da dove cominciare. Un peso

emotivo le schiacciava il cuore e le costringeva il respiro. Qualunque cosa fosse accaduta alla sua preziosa figlia – sbatté le palpebre contro un'impetuosa gamma di possibilità – doveva essere forte, comprensiva ed empatica.

"Prima di tutto, cara, c'è qualcosa che vuoi dirmi?"

"Intendi dire di Blake?". Heather sorrise e il suo viso si illuminò. "Ci siamo divertiti tantissimo a liberare i leoni marini. Avresti dovuto vederli. Sono così intelligenti. Ho fatto dei video. Ti faccio vedere".

Quando Heather prese il telefono, Marina le toccò il braccio. "Sono contenta che tu abbia potuto farlo, ma sono venuta qui per parlare di qualcos'altro".

Heather si ritrasse. "Mamma, mi stai spaventando. Sei malata?"

"No..."

"È Jack? Ti prego, non dirmi che stai divorziando".

"Niente del genere". Marina tirò un sospiro. Dalla tasca tirò fuori il test di gravidanza.

"Ho trovato una scatola di questi nel tuo bagno. E ne mancava uno. Heather, tesoro, ti voglio bene e non sto esprimendo alcun giudizio. Ma hai avuto un risultato positivo?".

Gli occhi di Heather si allargarono per lo shock e si portò una mano alla bocca. "Oddio, pensavi che fosse mio?".

Marina fu colta di sorpresa. "Non lo è?"

Heather rimase a bocca aperta. "Che cosa hai pensato?"

"Che forse eri..." Marina disse, incespicando sulle parole.

"Non sto nemmeno frequentando nessuno".

"Ma Cruise..."

"Siamo amici. Bè, è tutto quello che voglio da lui, comunque".

Marina fece un sospiro di sollievo. Il vortice delle preoccupazioni e degli scenari peggiori che la consumavano svanì. Le guance di Heather erano arrossate e gli occhi lucidi di sincerità. Nella sua mente, il futuro luminoso di sua figlia tornò al suo posto.

Marina sollevò il test. "Di chi è, allora?"

"Non è il mio, mamma. Te lo assicuro". La voce di Heather aveva quel tono colmo di onestà che Marina conosceva così bene.

Il silenzio tra loro si fece fitto, interrotto solo dal suono ritmico dell'oceano. Il test di gravidanza, un elemento sgradito nella stanza fino a pochi istanti prima, era ora solo un pezzo del puzzle che portava ad un'altra storia, un ulteriore capitolo della vita di qualcun altro.

Poteva essere Kai? Il pensiero stuzzicava i margini della mente di Marina. Sua sorella stava lottando per avere un figlio, desiderando una famiglia di piccoli teatranti.

"Forse è zia Kai", azzardò Heather, dando voce ai pensieri di Marina.

"Potrebbe avere senso". Marina annuì, ricordando il loro pigiama party. "Era qui l'altra sera".

Heather si avvicinò e la sua mano trovò quella di Marina. "Forse non voleva dirlo ad Axe prima di essere sicura".

"Dovrei parlarle", disse Marina. "Domani".

Dentro di sé, Marina sentiva il turbinio delle emozioni rallentare. La sua mente stava recuperando la concentrazione. Accarezzò i capelli di Heather. "Sono contenta che non sia ancora il tuo momento, anche se ce l'avremmo fatta".

Heather sorrise. "Anch'io, mamma".

Aveva visto Heather crescere, affrontato con lei le sfide dell'infanzia e sognato un futuro per sua figlia senza essere ostacolata dalle prime responsabilità della maternità. L'improvvisa possibilità che Heather fosse incinta aveva mandato Marina fuori strada.

Non perché non avrebbe sostenuto sua figlia – anzi, lo avrebbe fatto, e con tutto il cuore – ma perché aveva lavorato e pianificato affinché Heather potesse esplorare ulteriormente la sua giovane vita. Sperava che sua figlia potesse costruire il suo percorso senza deviazioni inaspettate.

Nella vita se ne possono trovare molte.

"Avevo tanta paura per te", disse Marina, con voce poco più che sussurrata. "Non perché non potessi farcela, ma perché voglio che tu abbia tutte le possibilità del mondo. Di finire l'università, di iniziare una carriera e di vivere i tuoi sogni senza pause".

Heather le strinse la mano. "Lo so, mamma. E anch'io voglio tutto ciò. Ma zia Kai? Lei è pronta. Forse è il suo momento".

Marina sorrise, riflettendo sull'imprevedibilità della vita. Ogni percorso è unico. Mentre aveva pregato che quello di Heather non includesse una maternità precoce, sperava ardentemente che il momento di Kai fosse giunto.

Marina abbracciò la figlia e la strinse a sé, dondolandosi leggermente. Tuttavia, era preoccupata per Heather fuori nel mondo, come ogni madre. "Stai facendo attenzione, tesoro?"

"Sempre, mamma".

"E verresti da me se fossi nei guai? In qualsiasi modo, non solo in una situazione del genere?".

Heather si strinse nelle sue braccia. "Sempre", ripeté. "Sei la mia roccia, mamma. Ti voglio bene".

"Anch'io ti voglio bene, tesoro". Picchiettò il naso di Heather come era solita fare quando sua figlia era piccola. "Spero che presto festeggeremo con Kai".

Heather si appoggiò a lei. "C'è qualcosa che vorrei dirti, mamma".

"Sì, tesoro?"

Heather le sorrise. "Blake mi piace molto. Tornerà questo fine settimana. Posso prendermi un po' di tempo libero?"

"Insisto perché tu lo faccia". Sentendosi più leggera, Marina scese dal letto e sorrise. "Invitalo a cena, se vuoi. A meno che tu non abbia altri programmi". Baciò la fronte di Heather. "Buonanotte, tesoro".

Marina scese al piano di sotto, dove Ginger la aspettava in salotto.

Ginger alzò lo sguardo in attesa.

Marina scosse la testa. "Non era suo".

"Allora di chi è?". Ginger fece una pausa. "Di Kai, naturalmente".

"È ovvio. Ma ne mancava uno".

"Uno che sia risultato positivo". Ginger strinse le mani. "Forse stanno festeggiando proprio in questo momento".

"Dovremmo aspettare che ce lo dica lei?". si chiese Marina. "O dirle che lo sappiamo?".

Ginger strinse le labbra. "Riesci a tenerlo per te?"

"E tu?" Marina chiese, prima di considerare tutti i segreti governativi che Ginger aveva dovuto mantenere. E probabilmente lo faceva ancora. "A proposito di questa faccenda, intendevo".

"Dormiamoci sopra, cara".

Marina la abbracciò prima di andarsene. Mentre tornava a casa, sprizzava felicità da tutti i pori. Aprì il tettuccio della sua Mini Cooper e accese la musica, cantando nella fresca brezza dell'oceano.

Una scarica di emozione la attraversò. Immaginava quanto sarebbe stato entusiasta Kai. Sapeva quanto un bambino significasse per lei e Axe.

Marina si chiese perché non glielo avesse ancora detto. Forse Axe non lo sapeva ancora, oppure Kai voleva aspettare un po' per essere sicura. Ora si sentiva in colpa, perché Kai aveva saltato la visita di controllo ed era rimasta a servire ai tavoli del bar.

Ma era così felice per lei. Il cuore di Marina batteva al pensiero di vedere realizzati i sogni fi sua sorella, e di una nuova aggiunta alla famiglia. Rispettava il fatto che Kai e Axe volessero dirlo a tutti a modo loro, ma non vedeva l'ora di congratularsi.

Sicuramente Kai avrebbe condiviso presto la notizia con loro.

14

*P*rima dell'apertura del mercato agricolo, Marina si aggirava tra le bancarelle con un carrellino pieno di prodotti da forno. Quel giorno aveva dei muffin al limone e lampone, ai mirtilli, e alla mela e cannella. Aveva anche una quiche ai funghi e formaggio, del pane artigianale e un assortimento di biscotti. Ne aveva anche preparati alcuni per il centenario, con dei fantasiosi numeri glassati.

I suoi sospetti su Kai sembravano più pesanti dell'assortimento di merci che stava spingendo. Era entusiasta per lei, ma si chiedeva se dovesse dirlo a Brooke. Erano sorelle, dopotutto. E la notizia sarebbe venuta fuori, prima o poi.

Brooke era già al loro stand, e stava sistemando le verdure biologiche nei cesti di vimini. Aveva messo in esposizione della lattuga a foglia verde e rossa, pomodori cimelio, cetrioli, basilico in vaso e altro ancora.

"Buongiorno", disse Marina iniziando a scaricare il pane.

Brooke sospirò, passandosi la lunga treccia sulle spalle. "Se lo dici tu".

"Non mi sembra una bella cosa. Ne vogliamo parlare?". Marina notò delle leggere ombre sotto gli occhi arrossati di Brooke, segni rivelatori di un'altra notte insonne. "I ragazzi ti hanno tenuta sveglia di nuovo?".

Brooke si strofinò gli occhi. "Tra lo sport, i litigi e tutti i loro amici, ne ho proprio avuto abbastanza. Voglio bene a tutti loro, ma ogni tanto ho bisogno di staccare. Grazie al cielo, Chip è comprensivo".

"Dopo aver lanciato quell'ultimatum".

"Era per la mia sanità mentale".

Marina sorrise, immaginando il caos in casa di Brooke. "Ma ha funzionato".

Tirò fuori le quiche e ne affettò una per assaggiarla. Molte persone passeggiavano per il mercato, mangiando mentre facevano acquisti. Altri portavano a casa degli oggetti. "Apprezzo che ti sia svegliata presto per venire al mercato".

"Questo è un momento per me", disse Brooke. "Dove posso avere delle conversazioni da adulti".

Se la maternità stava logorando Brooke, Marina, la sua pragmatica sorella, madre a sua volta, si chiedeva come l'avrebbe affrontata Kai. Le venne voglia di confidare a Brooke ciò che aveva scoperto.

Marina cercava di concentrarsi sulla sistemazione dei prodotti da forno, ma il suo pensiero continuava a tornare a Kai. *Ha un'aura luminosa. Anche Brooke riuscirà a vederla?*

Mentre continuavano ad allestire, i raggi del sole scacciavano il freddo dell'alba. Intorno a loro, il chiacchiericcio dei venditori rallegrava l'atmosfera. Era lì che Marina aveva iniziato la sua attività, e amava tornarci.

Una risata familiare risuonò e Marina alzò lo sguardo.

"Sembra proprio Kai", disse Brooke. "È uscita presto".

Marina si mordicchiò il labbro e aggrottò le sopracciglia. "Dovrebbe davvero dormire di più, ora".

"Oh? E perché mai?", chiese Brooke.

Marina si portò una mano alla bocca. "Non ho detto niente, vero?"

"Non era necessario". Un lento sorriso le si allargò sul viso. "Sei un libro aperto per me. A che punto è?"

"Non gliel'ho chiesto. In realtà, lei non sa che io lo so".

"Come l'hai scoperto, allora?".

Marina esitò, cercando le parole giuste. "Basta guardarla. È la stessa di sempre, ma… di più".

Brooke ridacchiò. "L'intuizione fra sorelle arriva solo fino a un certo punto. Confessa. Come l'hai scoperto?"

"Non ti ho detto niente, ok? Spero solo di avere ragione. È una notizia meravigliosa".

"Le prime volte è divertente, ma poi…". Brooke spazzolò via una ciocca di capelli che le era già sfuggita dalla treccia. "Sono tutte benedizioni, volevo dire".

"Shh, sta arrivando", sussurrò Marina. "Dovremmo lasciare che sia lei a dircelo".

Kai si diresse verso di loro, con indosso una maglietta e una gonna corta e svasata che metteva in mostra le sue gambe toniche da ballerina. Si fermò e mise le mani sui fianchi. "Voi due, zitte, subito. State tramando qualcosa di brutto?".

Senza aspettare una risposta, Kai passò in rassegna i prodotti da forno e le verdure. "Marina, ho bisogno di almeno una mezza dozzina dei tuoi muffin al limone e lampone per il brunch di domani. Più le verdure per le insalate e uno di quei deliziosi biscotti del centenario, proprio adesso".

Marina selezionò i muffin. "Come procede la ristrutturazione?"

"Il nuovo bagno sta procedendo", rispose Kai, il cui volto si illuminò. "Essere sposati con un costruttore ha i suoi vantaggi. Dovreste venire entrambi a vedere la mia enorme vasca. Ne volevamo una abbastanza grande per me e Axe".

"E stai lavorando a qualche altra stanza?", chiese Marina.

"Vorrei mettere le persiane nella nostra camera da letto", disse Kai.

Marina lasciò correre. Si riferiva alla stanza del bambino, cosa di cui Kai non si era nemmeno accorta.

Brooke scelse alcuni cetrioli freschi e della lattuga. "Per la tua insalata. Prendi anche dei pomodori. Devi assicurarti di assumere molta verdura fresca adesso".

"Beh, certo. Dovremmo farlo tutti". Kai riempì la sua borsa. "Coltivate i migliori prodotti del mercato".

Ogni volta che Marina guardava Kai, il suo cuore batteva all'impazzata, indecisa se condividere il suo presentimento o tenerlo per sé.

Osservò attentamente Kai alla ricerca di segni esteriori di gravidanza. Sua sorella sembrava felice ed emozionata, e il suo viso roseo. A meno che non fosse il suo trucco scintillante. "Come ti senti, Kai?"

"Io?" Kai aggrottò le sopracciglia. "Sto benissimo".

Brooke le lanciò un'occhiata. "Marina intendeva dire che stamattina sembri terribilmente agitata".

Kai inclinò la testa. "Questo perché Jason e sua moglie,

al chiosco delle candele, hanno appena comprato degli abbonamenti. Li ho chiamati proprio lì, con il mio fidato telefonino. Non potevo lasciarmeli scappare".

Marina la osservò attentamente. Kai non aveva colto le loro allusioni, ma anche lei era un'attrice esperta. Stava nascondendo bene la notizia. Marina avrebbe dovuto stare al gioco e far finta di non sapere nulla, ma non riusciva a sopportarlo.

Si rivolse a Brooke. "Dovremmo?"

"Dipende da te. Sei la maggiore".

Marina rise. "Me lo rinfacci sempre quando non vuoi prendere una decisione".

Kai le mise una mano sul fianco. "Vi comportate entrambi in modo così strano. Una di voi mi renderebbe partecipe del vostro segreto?".

Con un sorriso cospiratorio, Marina disse: "È il *tuo* segreto, Kai".

Kai diede un colpetto sulla fronte di Marina. "Hai mangiato per sbaglio dei funghi strani? Perché voi due…".

"Kai, sappiamo *che*…", sbottò Marina. "Ho visto il kit di gravidanza che hai cercato di nascondere nel bagno di Heather. Pensavo fosse suo; grazie al cielo non lo era".

Il sorriso scivolò via dal volto di Kai. "Marina, non è divertente. Non era mio. Mi sorprende che Heather ti abbia mentito".

Le sue parole colpirono Marina come uno schiaffo freddo. Eppure, credeva a sua figlia.

"Non ha mentito".

Concentrandosi sui suoi pomodori, Brooke distolse lo sguardo.

E Kai stava ricacciando giù le lacrime.

Immediatamente Marina capì che avevano toccato un nervo scoperto. La sua mente corse all'unica altra possibilità. "Brooke?"

La sorella tirò un sospiro. "Volevamo avere solo Alder e Rowan. E poi abbiamo commesso un errore, ma non fare mai parola di tutto ciò con Oakley".

"No, certo che no", disse Marina, mettendo un braccio intorno a Brooke, che aveva uno sguardo irrequieto.

"Non ho idea di come potrò gestire un neonato con quelle tre bestie selvagge. Sono già così stanca. Non so come farò a farcela. E non riesco ancora a dirlo a Chip. È già preoccupato per la loro educazione".

"Sono felice per te, però", disse Kai soffocando la voce. Si premette un pugno sulla bocca e ricacciò indietro le lacrime.

Marina era inorridita da ciò che aveva fatto. "Oh, Kai, mi dispiace tanto".

Kai si morse il labbro. "Proprio la settimana scorsa ho pensato che forse, solo forse… e poi, oggi, bam". Sbatté il dorso di una mano sul palmo dell'altra.

Intorno a loro, si girarono tutti al suono di quel gesto.

Kai storse le labbra su un lato. "Non abbiamo avuto questa fortuna, però. E Brooke, intento, sforna bambini, che li voglia o meno".

La situazione stava sfuggendo di mano. "Brooke, non diceva sul serio".

"Certo che sì". Brooke si morse il labbro. "È vero. Uno pensa di saperlo bene, ormai, ma niente è sicuro al cento per cento, tranne…".

"A meno che non sia io, ovviamente". Le labbra di Kai fremettero, e ricacciò indietro le lacrime.

Brooke si limitò a scuotere la testa. "Forse lo vorrai tu questo qui, allora".

Marina intervenne rapidamente. "Brooke, ti prego, non fare così". La conversazione stava degenerando e il mercato avrebbe aperto entro pochi minuti. Presto, i primi acquirenti si sarebbero riversati lì.

A pochi passi di distanza, la voce di Ginger interruppe le lacrime di Kai. "Che cosa sta succedendo qui, per l'amor del cielo?".

Fu allora che Marina si accorse che gli altri venditori dello stand stavano lanciando sguardi imbarazzati verso di loro. "Posso spiegare. Ho fatto una supposizione e...".

"Sono incinta", interruppe Brooke. "Ma pensavamo che anche Kai lo fosse".

"Per via del test. Naturalmente". Ginger strinse le braccia a Kai e Brooke, cogliendo immediatamente la situazione. "Marina non intendeva fare del male, ma capisco che l'argomento è delicato. Kai, tesoro, vieni con me. E anche Brooke, dobbiamo parlare. Stai bene?".

Brooke annuì. "Ho del lavoro da fare".

Ginger guidò Kai attraverso i box e Marina si rivolse a Brooke. "So che è una situazione opprimente, ma avrei voluto che tu ci avessi detto qualcosa al riguardo. Siamo tutte qui per te, Brooke".

"Immagino che la nostra famiglia non vedesse l'ora di festeggiare un nuovo bambino, ma non pensavo che sarei stata di nuovo io. E poi ti guardo e mi chiedo se potrebbero essere due gemelli. Dopotutto, è una cosa di famiglia, e con la mia fortuna...".

Marina estrasse dallo zaino di Brooke una borraccia d'acqua di metallo. "Bevi un po'. E non pensarci nemmeno. È una possibilità così remota".

Brooke si bagnò il viso e bevve l'acqua. "È così che le coppie si ritrovano con cinque ragazzi".

"E ognuno di loro è un dono", disse Marina. "Quando vuoi mandare Oakley o Rowan a casa mia, saranno i benvenuti. A Leo farebbe piacere avere qualcuno con cui giocare. Anche Alder, anche se sta crescendo. Non ci vorrà molto prima che se ne vada per conto suo".

"Oggigiorno i ragazzi non si trasferiscono automaticamente a diciotto anni", disse Brooke. "Se si tratta di una femmina, i tre ragazzi dovranno dividere la stanza. Si scatenerà una guerra totale tra di loro. Almeno a casa di Ginger avevamo camere separate. E tu eri all'università, la maggior parte del tempo".

Marina ricordava fin troppo bene quei giorni. "Forse Alder potrebbe stare da Ginger. Heather è lì per aiutare".

"È impegnativo da chiedere a Ginger. Non è più giovane come una volta".

"No, ma sembra che si senta bene con altre persone intorno". Mentre parlava, Marina sistemò i biscotti sotto una cupola di vetro. "Riesci a immaginarla seduta a casa?"

"Forse un giorno", disse Brooke. "Ma spero che ciò non accada a breve".

"Ti ha detto che si sta allenando per mettere su forza, e che sta pensando di partecipare a una maratona?"

"Cosa?" Gli occhi di Brooke si allargarono.

"Una sua amica fa la bodybuilder, e l'ha incoraggiata". Marina non riusciva a crederci.

"Dovrebbe fare attenzione", disse Brooke. "Immagino che succeda quando si frequenta gente giovane".

Marina rise. "In realtà, la sua amica è più anziana di lei. È incredibile, come Ginger".

"Abbiamo la metà dei loro anni. Perché noi ci sentiamo così stanche, e loro trottano in giro per il mondo?"

"Perché hanno smesso di fare figli molto tempo fa".

Brooke la guardò e scoppiò a ridere. "Non posso credere che tu lo abbia detto".

"Che altro possiamo dire?". Marina sorrise con una piccola, misurata dose di sollievo. "A volte, tutto ciò che possiamo fare è ridere, non che io stia minimizzando la tua situazione in alcun modo".

"Lo so. Probabilmente Chip e io troveremo tutto questo esagerato, tra una trentina d'anni".

"Spero che non ci voglia così tanto tempo. Quando sarai pronta, festeggeremo".

"E che dire di Kai…".

Marina era combattuta tra l'aiutare Brooke ad accogliere quella gravidanza e sostenere Kai nella sua difficoltà a concepire. "Troveremo una soluzione", disse, abbracciando Brooke. "Lo abbiamo sempre fatto e lo faremo sempre".

Una coppia si fermò al loro stand, curiosando tra i pani e le verdure.

Brooke deglutì e sollevò il mento. "Cercate qualcosa di speciale?".

Marina era così orgogliosa di lei in quel momento. Probabilmente sua sorella se la sarebbe cavata, ma Marina non intendeva correre alcun rischio. Per quanto le loro vite fossero impegnate, avrebbe trovato il tempo per la famiglia.

Mentre Brooke aiutava la coppia, Marina diede un'occhiata al margine del mercato, dove Ginger e Kai stavano parlando seriamente a un piccolo tavolo da bistrot.

Lei e le sue sorelle ce l'avrebbero fatta, proprio come avevano fatto con ogni avversità che si era presentata. La perdita dei genitori aveva creato tra loro un legame che nulla avrebbe spezzato.

Marina pensò che voleva proprio questo nel suo matrimonio. Essere così sicuri l'uno dell'altra che nulla potesse spezzarli, senza che tra di loro ci fossero segreti.

Mentre Marina incartava il pane acquistato dalla coppia, una sensazione di disagio la attraversò, non per Kai o Brooke, ma per Jack.

Lei capiva la sua esigenza professionale di discrezione, ma ora erano sposati. Alcune cose un coniuge doveva saperle, specialmente se la situazione avrebbe potuto avere un impatto negativo sulle loro vite o sui loro cari.

Mentre Brooke registrava l'ordine, Marina sistemò i muffin sotto un'altra cupola. Alzando lo sguardo, vide Ginger e Kai avvicinarsi.

Brooke porse una borsa alla sorella. "Non dimenticare questi".

Kai prese la borsa, e la sua mano indugiò su quella di Brooke. "Non volevo dire quello che ti ho detto".

"Lo so". Brooke le rivolse un sorriso comprensivo.

"Devo andare, ma più tardi parliamo", disse Kai.

Ginger annuì a Brooke. "Tocca a te. Che ne dici di una tazza di tè?"

"Mi piacerebbe", rispose Brooke. "Ce la fai, Marina?"

"Certo". Mentre guardava la sorella allontanarsi con Ginger, i pensieri di Marina tornarono a Jack.

Quando andava in onda per dare le notizie del telegiornale, aveva ricevuto la sua parte di minacce, ma non era nulla di paragonabile a ciò che comportava il lavoro di Jack. La sua natura investigativa richiedeva di dover rivelare la verità, il che spesso mandava persone in prigione o distruggeva famiglie. Tutto ciò poteva avere un costo.

Guardando Ginger abbracciare Brooke, Marina decise di parlare a Jack del suo lavoro. La sincerità tra loro era fondamentale. Ora erano sposati, ed erano una squadra. Anche se nessuno dei due aveva molta esperienza di relazioni a lungo termine, Marina era determinata a fare in modo che nulla li separasse.

15

*J*ack portò uno scatolone giù per una scala di legno nel garage di Ginger. Lui e Ginger guardarono Leo togliere dalla confezione un arcobaleno di ghirlande colorate. Stavano organizzando le decorazioni per il centenario e lei aveva messo a disposizione tutto ciò che poteva essere utile.

Jack ridacchiò per l'entusiasmo del figlio e si rivolse a Ginger. "Hai davvero un sacco di cose nascoste".

"Sono tutte del periodo in cui facevo l'insegnante", disse Ginger, indicando i cartoni ordinatamente etichettati e disposti sugli scaffali. "Mi tornano utili, di tanto in tanto".

"I ragazzi sono stati fortunati ad averti come insegnante di matematica", disse Jack.

Leo alzò lo sguardo. "Davvero!".

Ginger gli sorrise. "Ho fatto anche volontariato per le produzioni teatrali, ed è lì che Kai ha iniziato. Pensate un po', una stella è nata proprio qui a Summer Beach. Kai ha chiuso il cerchio".

"Quest'anno farò parte del club di teatro", disse Leo. "Mi piace essere sul palco del Seashell".

Ginger gli arruffò i capelli. "Tua zia Kai e tuo zio Axe sono ottimi insegnanti. Avrai un bel vantaggio".

Jack diede un'occhiata al garage. Gli ricordava la vecchia casa dei suoi genitori in Texas. Ora era sua sorella a custodire la storia della famiglia. "Questo posto è colmo di nostalgia".

Ginger alzò lo sguardo con affetto. "All'epoca, erano cose di tutti i giorni. Forse ero un po' una pasticciona, ma almeno ero ben organizzata". Fece una pausa e indicò un'altra scaffalatura. "Quel cartone con la dicitura *Foto di SB* potrebbe rivelarsi interessante per la storia della città. Saresti così gentile da tirarlo giù?"

"Certo". Jack riprese a salire la scala. Desiderava ancora scrivere la biografia di Ginger, un giorno. Quella riserva di materiale era una miniera d'oro di cui non era a conoscenza. "Il tuo garage è il sogno di ogni ricercatore. Perché non ci siamo mai messi qui a dare un'occhiata?"

"Non ce n'è bisogno. Ricordo tutto abbastanza chiaramente".

Jack infilò la scatola sotto il braccio e scese la scala. "Hai qualche ricordo interessante su Summer Beach per il centenario?"

"È successo tutto cent'anni fa". Leo si rivolse a Ginger. "Eri una bambina, allora?"

"Carissimo", esclamò Ginger. "Quanti anni pensi che abbia?"

Leo sorrise. "Non cento, credo".

"Non per molti anni ancora", disse Ginger. "E non dimenticare mai che l'età è solo esteriore. Quello che c'è nel cuore e nell'anima non invecchia mai".

Jack posò la scatola impolverata su un vecchio tavolo da lavoro che si trovava lì tra loro. "Come sei arrivata a Summer Beach?"

"I miei genitori sono arrivati negli anni '20", rispose. Erano venuti qui per la fresca brezza dell'oceano e per la spiaggia incontaminata". In quel periodo, alcune persone stavano costruendo dei cottage estivi, e gli Erickson la loro grande residenza estiva. Questo cottage è stato il regalo di nozze di Bertrand per me".

"Avrei voluto vederlo allora", disse Jack, spolverando la scatola con uno straccio.

"Sono anni che non do un'occhiata qui dentro". Ginger diede un colpetto alla parte superiore. "Leo, perché non dai tu il primo sguardo?".

Il ragazzo si alzò in piedi, sollevò il coperchio e sbirciò all'interno. "C'è un sacco di roba".

"Alcune cose sembrano delicate", disse Jack. Un odore di muffa si levava dal contenuto. "Ecco, ti aiuto a tirare fuori questo album".

Ginger sorrise, riconoscendolo. "Lo aveva realizzato mia madre. La maggior parte dei miei album di foto sono in biblioteca o in soffitta, per tenerli bene da conto. Alcuni contengono altre foto, ritagli di giornale e altri ricordi".

"Sembra tutto piuttosto vecchio". Leo annusò.

Aprì l'album e sospirò di piacere. "Forse la mia memoria si è un po' affievolita. Ma d'altronde, è difficile ricordare ogni momento della propria vita. Anche se ci sono persone che hanno impresso in mente quasi tutto".

Jack lesse il titolo di un articolo ingiallito dal tempo, attaccato su una pagina. "Il signor e la signora Bertrand Delavie si stabiliscono a Summer Beach". Ginger aveva circa l'età di Heather, o forse qualche anno in più, e lui poteva notare la somiglianza con il resto della famiglia.

"Wow", disse Leo, guardando il ritaglio. "Sei davvero tu?"

"Certamente", rispose Ginger. "Anch'io sono stata giovane una volta".

Mentre sfogliavano le pagine, il viso di Ginger si illuminò per i ricordi. "Guarda, mia madre ha aggiunto un articolo sulla cerimonia di inaugurazione del municipio".

"La città ha un aspetto diverso ora", disse Jack.

"Tutto cambia, ma Summer Beach ha mantenuto il suo fascino". Girò un'altra pagina. "Ed ecco una foto del molo originale. Naturalmente è stato ricostruito dopo le tempeste e le mareggiate".

Passando da una pagina all'altra, una foto del cottage scivolò fuori. Jack la raccolse. Gli piaceva ripercorrere quei ricordi con Ginger. "La casa sembra nuova di zecca in questa foto".

"All'epoca stavamo solo piantando gli alberi nella proprietà. Guardate la fila di alberi da frutto sul retro. Ci sarebbero voluti alcuni anni prima che la maggior parte di essi desse i suoi frutti".

"Sono quelli che ci sono adesso?", chiese Leo.

"La maggior parte", risponde Ginger. "Nel corso degli anni ne abbiamo persi un paio e ne abbiamo aggiunti altri".

Nella pagina successiva c'era un articolo su una festa al cottage. "Ne hai fatte molte all'epoca?", chiese.

"Abbiamo sempre amato ospitare le persone". Ginger sorrise ai suoi ricordi. "A quei tempi, c'erano molti visitatori. Summer Beach era un comodo punto di sosta, soprattutto sulle strade strette prima della costruzione dell'autostrada. Allora si viaggiava più lentamente".

"E ora dobbiamo fare i conti con il traffico", disse Jack. "Essere di fretta non aiuta". Si avvicinò, leggendo i nomi delle persone che avevano partecipato alla festa. "Quante di queste persone vivono ancora a Summer Beach?"

"Molte, di quelle che sono ancora vive", rispose. "E i loro discendenti". Toccò l'immagine di uno di loro. "Questo è il padre di Jen, che ha fondato *Nailed It*. E c'è Amelia Erickson, di *Las Brisas del Mar*".

"Ora è il Seabreeze Inn", disse Jack a Leo.

"Era una festa per dare il benvenuto ai nuovi arrivati a Summer Beach", disse Ginger. "I miei genitori mi avevano detto che la comunità attirava molte persone da San Francisco in cerca di climi più caldi. Summer Beach non era ancora diventata una cittadina". Fece una pausa, sorridendo ai suoi ricordi. "Quanto ci siamo divertiti da bambini, venendo qui ogni estate, mentre nella zona arrivavano nuovi vicini e amici con cui giocare".

Proprio in quel momento, Scout entrò al trotto con una palla in bocca e diede un colpetto a Leo.

"Torno subito", disse Leo, prendendo la palla da Scout e lanciandola attraverso il prato. Scout partì, e Leo gli corse dietro.

"È un bravo ragazzo", disse Ginger. "Anche Summer Beach farà parte della sua eredità".

Incuriosito dalla foto, Jack si avvicinò e iniziò a leggere i nomi stampati sotto. "La signora e la signora John Ellsworth, il signore e la signora Henri de la Fontaine, il signor Ari Goldmann, la signorina Juanita Gonzalez, la signorina Pearl Park e il signore e la signora Chase Bennington". Si fermò di colpo.

"Era la cara Helen, e...". Ginger fece una pausa e scosse la testa. "Lei e suo marito Chase erano di Chicago e hanno vissuto qui per anni. Che peccato per quella famiglia. Helen era molto realizzata e intelligente".

La fronte di Jack iniziò a formicolare. "Cosa gli è successo?"

"Il destino e la sfortuna li hanno perseguitati in ogni generazione". Ginger scosse la testa. "Helen non c'è più. Ma molti li consideravano maledetti".

Erano parenti dei Bennington che conosceva? Jack doveva saperne di più.

"Che cosa intendi per *maledetti*?"

"Anche se non credo a quelle cose, avevano subito numerose disgrazie, anche se alcune se le erano procurate da soli". Indicò la foto. "Il più anziano perse tutto nel crollo della borsa del 1929, e poi mancò anche un figlio. Qualche anno dopo, pure i suoi genitori erano morti su una nave affondata al largo della costa orientale. Nel mentre, il figlio Chase e la sua famiglia avevano ricostruito la loro fortuna, ma utilizzando scorciatoie non del tutto legali. Infatti, alcuni sono finiti in prigione per via di uno schema di investimento".

Quel fatto colpì Jack. "È successo di recente?"

"Circa dieci anni fa. Ne avevano parlato tutti i telegiornali".

"Intendi lo Schema Bennington?"

"Sì", rispose Ginger. "Chase sta scontando una condanna a vita".

Sorpreso da quel collegamento, Jack si limitò ad annuire. *Quindi, Chaz era un loro parente. Per matrimonio, almeno.*

Tutto ciò era avvenuto anni prima che Jack incontrasse Marina o conoscesse Summer Beach, quindi la città sarebbe stata una nota marginale nell'articolo, se mai fosse stata menzionata. Nella sua carriera aveva indagato e scritto su molte storie. Ma non ricordava di aver mai parlato di questa con Ginger o Marina.

Anche parlandone con Ginger, qualche giorno prima, non aveva fatto nomi.

Accarezzandosi il mento, cercò di trattenere il tono di curiosità nella sua voce. "Chissà se qualche parente dei Bennington vive ancora a Summer Beach". Ciò avrebbe potuto spiegare il motivo della visita di Chaz.

"Nessuno", rispose Ginger.

"Come fai a esserne così sicura?".

Gli occhi di Ginger brillarono di ferocia. "C'è stata un'altra... situazione. Chase è stato allontanato da Summer Beach".

Jack non aveva mai visto Ginger così. "Perché?"

Ginger sembrò non sentire quella domanda. "È stato meglio che se ne siano andati. È un peccato quello che può succedere alle famiglie bene in vista. Dalle stelle alle stalle in tre generazioni. Meritatamente, ovvio".

Lui sapeva cosa intendeva dire con una parte di quell'affermazione. Le ricchezze di famiglia spesso scomparivano alla terza generazione, per via dei nipoti viziati che avevano bisogno di aiuto per capire come fare soldi o come amministrare la ricchezza.

Ma cosa intendeva con la parola *situazione*? Lui era sicuro che lei lo avesse sentito, ma aveva scelto di ignorare quella domanda. Secondo la sua esperienza, era lì che si trovava la vera storia. Stava per chiederglielo, quando vide Marina avvicinarsi a loro.

"Ehi, voi due", disse Marina. Indossando ancora la giacca da cuoco che aveva su in cucina, li raggiunse nel garage. "Leo mi ha detto che stavate leggendo dei vecchi giornali, qui dentro".

"Più o meno", disse Jack, salutandola con un bacio sulla guancia. "Come vanno gli affari?"

"Stanno andando bene", rispose. "La nuova squadra sta prendendo la mano, così ho pensato di fare un salto a vedere cosa state facendo".

"Abbiamo cercato tra i vecchi ricordi di Summer Beach", disse Ginger, ricomponendosi e indicando l'album dei ricordi.

Gli occhi di Marina si allargarono. "Non ho mai visto nulla di tutto questo".

"No?" Ginger alzò le spalle. "Siamo state troppo impegnate a guardare avanti per dedicare tempo al passato".

"Guarda", disse Marina, sfogliando l'album. "Il municipio, il molo, la vecchia locanda. Posso farne delle copie da esporre durante la festa del centenario?"

"Che bella idea", rispose Ginger. "Dove avresti in mente di farlo?"

"Forse al municipio, oppure potrei fare alcuni ingrandimenti ed esporli al locale, o in altri luoghi della città. La gente si divertirebbe a conoscere meglio la storia di Summer Beach".

Ammirando le sue idee, Jack mise un braccio intorno a Marina. "È un'ottima pensata. Ti serve aiuto per realizzarla?"

"Solo se sei libero".

"Quasi. Non ci vorrebbe molto".

Ginger girò la pagina. "Sceglierò alcuni articoli e foto di interesse per la città. Molti di questi non lo sono".

"Hai trovato delle decorazioni che puoi usare?", chiese Marina.

"Certo. Io e Leo ci divertiremo con questo progetto". Jack aveva fatto molte cose nella sua vita, ma non aiutare suo figlio a decorare un vecchio furgone Volkswagen per una parata.

Era una nuova esperienza che gli sarebbe piaciuta molto. Non sarebbero trascorsi molti altri anni prima che Leo avesse perso l'interesse per quella piccola città di mare, e se ne fosse andato per inseguire i suoi sogni.

Parlarono per un po' e poi Marina tornò al bar. Jack aiutò Ginger con delle altre scatole.

Quando ebbero finito, provò a porre di nuovo la sua domanda. "Non avevo idea che la storia di Summer Beach si potesse leggere come una soap opera".

"Non credo che la chiamerei così", disse Ginger, di nuovo irritata. "Molte piccole città hanno rivalità, cattivi attori e tragedie".

"Vedi, è questo che la gente vuole sapere. Sembra che i Bennington abbiano avuto la loro parte in tutto ciò".

"Non sono una che spettegola", disse Ginger inarcando un sopracciglio.

"Non è un pettegolezzo", disse rapidamente Jack. "È una ricerca. Qual era la situazione di cui parlavi? Perché i Bennington hanno dovuto lasciare Summer Beach?".

Jack attese la sua risposta.

Ginger si irrigidì. "Se proprio vuoi saperlo, è stata una questione tra il mio Bertrand e Chase".

"Si tratta di un accordo finanziario andato male?"

"No, caro". Sospirò e strinse le labbra. "Vedi, io ero al centro della situazione. Bertrand mi ha difeso".

Improvvisamente, Jack capì. "Chase…"

"Mi ha disonorata?" Ginger sollevò il mento. "No, ma ci ha provato. La gente per bene non parlava di certe cose a quei tempi, ma non mi sono fatta fermare. Misi in guardia altre giovani donne".

"Scommetto che ciò ti ha messo in cattiva luce, per così dire".

"Sconvolgente, non è vero?", continuò Ginger. "Chase aveva avuto il coraggio di accusarmi di aver infangato la sua reputazione. Ce l'aveva con noi e con gli altri residenti di Summer Beach".

"Sembra che sia stata una bella liberazione". A Jack venne in mente un pensiero. "Dove vivevano?"

"Sul crinale. Avevano una casa abbastanza grande, non quanto *Las Brisas del Mar*, anche se vi si affacciava, cosa che il proprietario, Gustav Erickson, detestava. La casa fu venduta per una cifra irrisoria quando il valore degli immobili calò. Non credo che ci abbia mai perdonato".

"Ma ha iniziato lui, giusto?".

Fece un brusco cenno di assenso. "Chase era solito incolpare gli altri e distorcere la verità".

Jack poteva immaginarlo. L'etica di quell'uomo era deplorevole. Non c'è da stupirsi che Chaz avesse scelto di non affrontarlo. Ma portava con sé il rancore del suocero? Jack poteva vedere entrambi i lati della faccenda. "Chi vive in quella casa, adesso?"

"Carol Reston ha acquistato la proprietà anni fa. A quel punto, dopo diversi passaggi di mano, era caduta in rovina. Aveva intenzione di restaurarla, ma l'intera struttura era bruciata prima che lei avesse la possibilità di iniziare i lavori".

"Un vero peccato".

"Anche se non ne sono sorpresa". Ginger rimase in silenzio per un momento. "Chase ha cercato di rivendicarne la proprietà, dicendo che era stata trasferita impropriamente anni prima, ma ha perso la battaglia con Carol. Ha minacciato i funzionari di Summer Beach, e l'intera città, in realtà. Voleva l'ultima parola e l'ha avuta".

"Come?"

"Bruciandola, naturalmente. Ha sempre avuto un'attrazione per il fuoco".

"Ha appiccato lui l'incendio che ha distrutto la casa?"

"Non era possibile dimostrarlo. E Carol e Hal erano troppo saggi per avere a che fare con una persona del genere. Naturalmente hanno ricostruito tutto". I suoi occhi si annebbiarono di nuovo. "Chase Bennington sta bene dove sta".

Jack non aveva mai sentito Ginger parlare così. Lavoravano insieme da due anni e lui faceva ormai parte della famiglia, ma tutto ciò andava oltre ogni sua aspettativa. In effetti, si chiese se Marina ne fosse a conoscenza.

Ginger tirò un sospiro. "Jack, sei un intervistatore di talento".

"Cosa vuoi dire?", chiese, fingendo innocenza.

"Sai bene cosa intendo. Ci sono cose di cui parlo raramente. A ben donde, come hai scoperto".

Chiuse la scatola con decisione. "Mettiamo in evidenza le cose positive che ci sono a Summer Beach. Abbiamo molto di cui essere orgogliosi, e molti residenti di talento da onorare".

"Non potrei essere più d'accordo".

Cercò di scrollarsi di dosso la sensazione che aveva provato dopo aver sentito quella storia. La tragedia di Bennington avrebbe potuto incuriosire i residenti di Summer Beach, ma lui avrebbe rispettato i desideri di Ginger.

Il centenario era un momento di celebrazione e di

riflessione sui progressi compiuti dalla comunità, per volgere uno sguardo al futuro.

Gli venne in mente un pensiero. Forse Chaz era venuto in visita per conoscere meglio la sua storia. Per quale altro motivo, altrimenti?

Proprio in quel momento, Leo si diresse verso il garage, con Scout dietro di lui. "Ehi, papà. Possiamo fare una capsula del tempo per il centenario? Ho letto che la gente seppellisce delle cose per poi dissotterrarle cento anni dopo. Possiamo metterla nel nostro giardino, ma non saprei cosa metterci dentro".

Jack ridacchiò, contento che Leo fosse tornato. "Certo che possiamo. Troveremo qualcosa".

"Ehi", disse Leo, sempre più emozionato. "Pensi che possa essercene una di cento anni fa in giro adesso?".

Indicando la parete colma di cose, Jack sorrise. "Credo che l'abbiamo già trovata".

16

*M*entre Jack accostava il furgoncino davanti alla vecchia struttura per l'imballaggio degli agrumi, alla periferia della città, Marina aprì il finestrino e chiamò Kai, che stava parlando con Jen del negozio di ferramenta nel parcheggio. "Non mi aspettavo di vedere così tante macchine qui".

Kai annuì. "Sono arrivati molti aiutanti".

"È un sollievo. Carol e Hal sono stati molto gentili a lasciarci usare questo posto". Marina scese e salutò Kai con un abbraccio.

Dietro di loro, Jack aprì la porta a Ginger. Leo saltò giù dal sedile posteriore, desideroso di aiutare a trasportare altre scatole di decorazioni dal garage di Ginger. Jack iniziò a scaricare.

La ghiaia scricchiolava sotto le scarpe da ginnastica di Marina, mentre si sentiva della musica pop provenire dal magazzino. Le ultime settimane erano volate e lei temeva che il tempo a disposizione fosse scaduto. I volontari del comitato avevano lavorato diligentemente per mettere insieme tutto.

Mentre si dirigeva verso il retro del furgone per dare una mano, sul suo telefono apparve una notifica meteo. "Oh no, una tempesta tropicale sta prendendo forma nel Pacifico", disse accigliata. "Sta arrivando dalla Baja". Si premette una mano sulla fronte. "Ed è prevista per questo fine settimana".

Kai e Ginger si scambiarono uno sguardo colmo d'ansia. Dopo tutto il loro duro lavoro, il tempo avrebbe rovinato tutto?

"Non facciamoci prendere dal panico", disse Ginger con determinazione. "I meteorologi ne seguiranno l'andamento. Summer Beach ha già superato tempeste in passato, quindi se si presenterà, l'affronteremo. Se necessario, rinvieremo l'evento per garantire la sicurezza delle persone".

"Non piove mai molto in estate", disse Kai, con aria speranzosa.

Marina si morse il labbro, pensando alle possibilità che avevano paventato. "Sembra che la *Rose Parade* di Pasadena si svolga con la pioggia o con il sole, quindi faremo così anche noi. A meno che non ci sia un forte temporale". Sospirò al pensiero. "Ordinerò subito dei poncho di plastica trasparente".

Al bar, aveva ombrelloni che coprivano i tavoli del patio, ma servivano più a proteggere dal sole che dalla pioggia.

Kai alzò le sopracciglia. "Un piano d'emergenza è sempre una buona idea", aggiunse, sembrando a disagio. "Ma c'è un sacco di roba fatta con la cartapesta. Che non ama l'acqua".

Ginger strinse le mani di entrambe le nipoti. "Qualunque cosa accada, sono orgogliosa di voi due. Avete lavorato tanto per questa festa. Si farà".

Marina e Kai abbracciarono forte Ginger. I piani per la parata erano stati realizzati grazie al loro comitato e ai residenti di Summer Beach. Non restava che aspettare di vedere se le forze della natura avrebbero collaborato.

"Che succede?", chiese Jack.

Marina gli mostrò l'allerta meteo. "Ma troveremo una soluzione".

"Ci riesci sempre", disse lui, baciandole la guancia. "È questo che amo di te".

"Ti do una mano con queste". Marina prese una scatola dal retro del furgone.

Jack scosse la testa. "Mettila sopra. È leggera". Portò le scatole sulla rampa e Leo gli andò dietro.

Un attimo dopo Jack tornò, spolverandosi le mani. "Non sapevo che esistesse questo posto. È impressionante".

Leo sembrò sorpreso. "Io e la mamma abbiamo aiutato a costruire i carri, qui".

"Eh, io sono stato impegnato a finire il lavoro", disse Jack. "A cosa serviva questa vecchia struttura?"

"Ha avuto diversi usi, ma è stata costruita per imballare gli agrumi". Marina guardò le pareti di stucco bianco sormontate da un campanile. "L'architettura è simile a quella di una missione spagnola".

"La proprietà circostante era un grande agrumeto prima che Summer Beach si sviluppasse in questa direzione", aggiunse Ginger. "Vaste aree della California meridionale erano coltivate ad agrumi e servivano a rifornire i cercatori d'oro a nord, a San Francisco e nelle zone circostanti. Lo scorbuto era un grosso problema e la gente pagava un sacco di soldi per le arance a quei tempi".

"Questo spiega come mai la contea si chiama *Orange County*", disse Jack pensieroso mentre sollevava un'altra scatola.

"La maggior parte di quel terreno era il vecchio Irvine Ranch, che aveva centinaia di ettari di produzione di agrumi". Ginger si rimboccò i polsini della camicia stirata mentre parlava.

"Dev'essere stato un bello spettacolo", disse Jack.

"Immaginate il profumo di tutti quei fiori d'arancio nell'aria", aggiunse Marina.

Ginger sorrise al pensiero. "Qui si trattava soprattutto di arance Valencia e limoni, fino a quando nella contea di Riverside non è arrivata la varietà Navel. Tutto grazie a Eliza Tibbits, una donna determinata che fu anche una delle prime suffragette. A Riverside c'è ancora il suo primo albero. Tutto questo è avvenuto prima dei miei tempi, ma qui potete leggere di più sulla nostra storia agrumicola". Indicò un cartello di informazioni storiche sull'edificio. "È una gita popolare tra gli studenti di Summer Beach".

"Una volta che fai l'insegnante, lo rimani per sempre", disse Kai, sorridendo a Ginger.

Marina indicò a Leo il vecchio binario della ferrovia. "Si può ancora vedere il troncone dove caricavano le casse di frutta sui treni. Fai attenzione".

"Forza, entrate", disse Kai. "I carri allegorici si presentano bene".

"Chi è il proprietario di questo posto adesso?", chiese Jack.

"Carol Reston e suo marito", rispose Ginger. "Hal aveva sistemato qui la sua collezione di auto d'epoca, finché non ha deciso di venderla per raccogliere fondi per benefi-cenza. Ora usano lo spazio per le riprese".

"Lo affittano anche per eventi speciali come il campo di zucche e il giardino degli alberi di Natale", aggiunse Marina. "Dovremmo portare Leo qui in autunno".

Quando entrarono, Marina ne fu entusiasta. L'intera area era stata trasformata in un laboratorio.

"Questo spazio è incredibile", disse Jack, cogliendo l'attimo. In alto erano montate delle apparecchiature audio e luci all'avanguardia. "Immaginate cosa si può fare qui".

Marina poteva praticamente vedere le idee sbocciare nel suo cervello. "A cosa stai pensando?"

"Non ne sono sicuro", disse lentamente. "Ma questo è uno spazio di altissimo livello. Guardate i sistemi che hanno installato".

"Axe ha usato la stessa squadra per l'anfiteatro", disse Kai. "Ma ora questo è il paese delle meraviglie del centenario".

Il carro del centenario era stato allestito con ghirlande rosse, bianche e blu. Quello di Java Beach, realizzato da Mitch, era caratterizzato da palme di cartapesta, un'onda blu che si arricciava e oggetti da spiaggia vintage.

"Aspettate di vedere come Leilani e Roy decoreranno il carro del giardino", disse Kai. "Porteranno fiori e piante fresche".

"Ha già un aspetto incantevole", disse Marina. Il piccolo carro aveva una panchina da giardino in ferro battuto, un gazebo e piccole statue da giardino.

"Roy si vestirà da gnomo da giardino e Leilani sarà una fata delle farfalle". Kai sorrise. "Io e Axe abbiamo fornito i costumi".

"Sarà fantastico", disse Marina. "Grazie per aver supervisionato il tutto".

"A parte prestare i costumi, non abbiamo fatto molto", disse Kai. "È tutto lavoro di volontari, residenti e proprietari di attività commerciali".

"Chi ha bisogno di aiuto?", chiese Jack.

"Chiedi alla squadra del carro del centenario", rispose Kai. "Un paio di persone erano malate".

Jack mise un braccio intorno a Leo. "Andiamo, vediamo se possono usare i materiali che abbiamo portato".

"Certo, papà".

Marina lì guardò andarsene, contenta che Jack avesse finito la sua parte di articolo a cui stava lavorando. Il suo editore, Gus, ne era rimasto soddisfatto. Tuttavia, Jack stava ancora rispondendo alle chiamate di ex colleghi che stavano ampliando la portata originale della storia.

Non era del tutto sicura del motivo per cui lui si fosse tirato indietro. Non era da Jack, ma lui aveva solo detto che voleva essere sicuro di poter passare del tempo con Leo quell'estate prima che suo figlio tornasse a scuola. Si chiese se ci fosse un altro motivo.

Ginger vide un'amica e si scusò per andare a parlare con lei.

"Avete già deciso l'ordine di sfilata?", chiese Marina.

"Quasi", disse Kai. "Alcuni si sono aggiunti all'ultimo, e altri si sono ritirati. Siete riusciti a ottenere altre donazioni?"

"Proprio stamattina". Marina stava organizzando le offerte di costumi per i gruppi giovanili, le forniture, i ricordi e le squadre di pulizia. Si prevedeva che l'evento avrebbe attirato a Summer Beach più turisti del previsto.

"Avremo ulteriori scorte per chi vuole partecipare ma ha bisogno di assistenza. Vogliamo che tutti i residenti si sentano parte della festa".

"È fantastico", disse Kai. "Farò qualche telefonata".

Mentre la sorella si allontanava per dare consigli, Marina vide Heather su una scala. Salutò e la figlia le fece cenno di avvicinarsi. Marina si diresse verso di lei attraverso il magazzino.

"Ciao, mamma. Ti ricordi di Blake?".

Il giovane veterinario di bell'aspetto la salutò con un ampio sorriso. "È un piacere rivederla".

"Ho sentito che avete liberato la famiglia di leoni marini", disse Marina.

Blake annuì. "Sono contento che Heather abbia potuto vederlo. Grazie a tutti voi per averli individuati e per averci chiamato".

"Erano adorabili". Heather scese la scala e Blake le tese la mano.

Marina colse uno sguardo che passava tra loro e intuì che stava nascendo qualcosa. Dopo il recente spavento, per colpa di Marina che aveva interpretato male la situazione, non avrebbe potuto essere più felice per sua figlia.

Quanto a Kai, non aveva toccato più quell'argomento. Brooke continuava a parlarne e, dopo che lei e Chip si erano ripresi dallo shock iniziale, si erano entusiasmati per l'imminente arrivo in famiglia.

"Blake ha una notizia meravigliosa, mamma".

"Del tuo lavoro di salvataggio?"

"Sì, signora", rispose. "Ho accettato l'offerta e mi trasferirò a Summer Beach tra due settimane".

"Ma è meraviglioso", esclamò Marina. "Se non riesci a trovare nulla in breve tempo, sei il benvenuto nel nostro cottage per gli ospiti". Da quando lei e Jack si erano sposati, non avevano più bisogno di affittare la stanza degli ospiti ai visitatori di passaggio.

"Grazie, lo apprezzo molto", disse Blake. "Potrei accettare l'offerta. È stato difficile trovare un posto in estate".

"In autunno ce ne saranno molti tra cui scegliere". Marina sorrise a Heather, che sembrava felice per quella notizia. Parlarono del nuovo lavoro di Blake, che sembrava affascinante. Summer Beach sarebbe stata fortunata ad avere la sua esperienza a disposizione.

"Allora, come è fatto questo carro?", chiese Marina.

"Dovrebbe rappresentare i primi giorni di Summer Beach", rispose Heather. "Questa struttura sarà uno di quegli spogliatoi di una volta, con la stoffa a righe. Ci saranno costumi da bagno d'epoca. Abbiamo trovato le foto di un concorso di bellezza balneare in alcuni album fotografici di Ginger. O meglio, uno che era appartenuto a sua madre".

"Un vero cimelio. Mi piace l'idea. Chi ci salirà sopra?".

Heather e Blake si scambiarono un altro sguardo. "Lo hanno chiesto a noi", rispose Heather. "Ma Ethan sta portando una golf car da decorare. Sarà molto divertente. Ti dispiace? Io lavorerò al food truck dopo".

Capita una sola volta nella vita, ricordò Marina, annuendo a Heather.

Sua figlia era entusiasta, e Blake la abbracciò. "Non ho mai partecipato a una parata prima d'ora", disse. "È così che date il benvenuto a Summer Beach?".

Marina gli sorrise. "Solo a chi si prende cura della nostra fauna oceanica".

Tutti risero, ma qualcosa attirò l'attenzione di Marina, vicino a un altro carro. "Quello laggiù è Cruise?".

Heather si voltò. "Sta dando una mano".

"Ha trovato un altro lavoro?"

"Non ancora, ma mi ha detto di avere inviato molte candidature".

Marina provò una fitta per via del senso di colpa, ma era determinata a rimanere ferma nella sua decisione. Fare il capo non era facile. Non tutte le decisioni erano corrette, ma dovevano comunque essere prese.

"Credo che voglia parlare con te".

"Heather, spero che tu non gli abbia promesso nulla".

"Non ne abbiamo nemmeno parlato. Ma sta venendo da questa parte".

Marina sospirò e si voltò.

Cruise si affrettò verso di lei, con i capelli schiariti dal sole che gli sfioravano le spalle. "Ehi, Marina. Se hai un minuto, possiamo parlare fuori?"

"Cruise, non credo...".

"Per favore. Voglio solo chiarire una cosa".

Lei acconsentì, e uscirono.

"Hai bisogno di referenze?"

"Solo se vuoi farmi questo piacere", esordì, con aria pentita. "Ma quello che volevo fare davvero era scusarmi. Ho avuto il tempo di pensare a quello che ho fatto e so di aver sbagliato. Hai fatto bene a licenziarmi".

Marina non si aspettava quel cambiamento di atteggiamento. Ora, era curiosa. "Cosa ti ha fatto giungere a questa conclusione?"

"Ho parlato con un paio di amici e mi hanno detto che avrebbero fatto la stessa cosa, anche prima". Arrossì leggermente. "Ho fatto il passo più lungo della gamba e ho commesso un errore con gli scampi. Ti risarcirò per la perdita, se mi dici quanto è costata. È il minimo che possa fare".

"Non è necessario". Tuttavia, fu colpita dalla sua offerta. Le aveva restituito la fiducia in lui. Aveva intravisto il suo talento fin dal primo giorno, ma aveva ancora molto da imparare oltre alla cucina. "Ho sentito che stai cercando lavoro. Hai avuto fortuna, finora?"

"Non proprio". Si toccò il mento, con aria imbarazzata. "Non credo che tu…".

"Avrei bisogno di qualcuno che si occupi del camioncino, per il centenario. Mi piacerebbe riaverti con noi, se non hai già altri impegni".

"Davvero?" Il sollievo si dipinse sul suo viso.

"Ho assunto un paio di persone, ma posso trovare altri luoghi in cui mandarvi. Potrebbe andare per te?"

"Sarebbe fantastico, grazie".

"E niente caviale, a meno che il cliente non lo richieda".

"Hai la mia parola". Cruise sorrise e il suo atteggiamento cambiò.

Anche Marina era sollevata. Anche se pensava di aver preso la decisione giusta licenziandolo, se ne pentiva ancora. Quando ne aveva parlato con Jack, lui era stato d'accordo e le aveva raccontato una storia di quando era stato lui a commettere uno sbaglio. A volte, le persone devono imparare una lezione.

Ciò valeva anche per lei. Voleva essere una manager e una imprenditrice migliore di coloro che lavoravano per lei. "Cruise, hai molto talento. Cosa vorresti fare nella vita?"

"È facile". Il suo volto si illuminò. "Vorrei viaggiare e cucinare per le persone di tutto il mondo. Imparare tutto quello che posso su come preparare altri tipi di cucina.

Tutti devono mangiare, e alcuni dei momenti più belli della nostra vita ruotano intorno al cibo".

"Un po' come lo chef Anthony Bourdain?"

"È stato di grande ispirazione per me", rispose Cruise. "I cibi che trovava nei suoi viaggi erano incredibili. Come quando aveva scoperto quel granchio piccante dal sapore incredibile, in un minuscolo ristorante sotto un ponte a Hong Kong".

Si animò sempre di più e le parole gli fluirono come un fiume in piena. "Ho cercato di riprodurlo con degli spicchi d'aglio e dei cipollotti tostati, ma non so che sapore abbia l'originale. Quello che ho fatto io è delizioso, ma so che posso migliorarlo. Voglio davvero andare lì e in molti altri posti. Come il Sud America, la Spagna e l'Italia. E questo è solo l'inizio".

Marina sorrise del suo entusiasmo. "Ho la sensazione che ce la farai. Ti insegnerò quello che posso, compreso il lato commerciale della gestione di un ristorante".

"Ho bisogno di imparare tutto ciò. E molto di più".

"Non smettiamo mai di imparare".

"Lo apprezzo molto. Non ti pentirai di avermi dato un'altra possibilità". Cruise tese la mano.

Marina si emozionò per quel loro nuovo accordo. "Non voglio nemmeno trattenerti. Quando avrai un'offerta migliore, e la avrai, sarai libero di andartene". Lavorando con i giovani, non poteva aspettarsi che rimanessero per sempre. "Sei pronto a tornare dentro?"

Tornarono e Marina capì che Heather stava scoppiando di curiosità. Ginger rimase con lei e Blake, ammirando il loro lavoro sul carro.

"Diamo loro la buona notizia", suggerì Marina.

Quando raggiunsero il piccolo gruppo, annunciò che Cruise sarebbe tornato a lavorare.

"È fantastico", disse Heather, abbracciandolo.

"Congratulazioni", aggiunse Blake. "Non ci siamo ancora conosciuti, a parte per quegli ottimi tacos di pesce che mi hai preparato qualche settimana fa. Io sono Blake Hayes".

"Cruise Bennington. Piacere di conoscerti". Cruise gli strinse la mano con piacere.

"Blake si trasferisce a Summer Beach", esordì Heather.

"Scusami", disse Ginger bruscamente. "Hai detto Bennington?".

Spostandosi in piedi, Cruise abbassò lo sguardo. "Sì, signora".

Marina avvertì subito un netto cambiamento nell'energia del loro piccolo gruppo. Cosa stava facendo sua nonna? Conosceva Cruise, lo aveva visto spesso al bar. Tuttavia, non gli aveva mai parlato in quel modo.

Ginger strinse le labbra e sollevò il mento. "Cruise, hai mai avuto una famiglia qui a Summer Beach?".

17

*M*arina si chiese cosa mai stesse succedendo.

Il volto di Cruise si oscurò e balbettò per un attimo. "Beh, Bennington è un nome comune".

"Non da queste parti", disse Ginger, scrutando i suoi lineamenti.

Marina toccò la mano della nonna, come per farle una domanda, ma Ginger la ignorò.

Stringendo gli occhi, Ginger disse: "Assomigli a una persona che un tempo conoscevo qui".

"Molte persone hanno dei sosia sconosciuti", disse Cruise, distogliendo lo sguardo. "Se non le dispiace, devo andare. Dovrei essere in un altro posto".

Marina lo seguì. "Passa domani e studieremo un piano per il camioncino".

Senza rispondere, Cruise uscì dal magazzino.

"Di che cosa si trattava?", chiese Marina, girandosi di scatto verso la nonna.

Ginger e Jack si scambiarono uno sguardo preoccupato. Anche Heather se ne accorse.

"Ci penso io", disse Jack, e si affrettò a seguire Cruise.

Qualcosa non quadrava. In effetti, lui e Ginger lo conoscevano a malapena, eppure lei lo aveva turbato con la sua domanda. Tornando a rivolgersi alla nonna, Marina chiese: "Con chi pensavi fosse imparentato Cruise a Summer Beach?".

Ginger scosse la testa, anche se la sua fronte era insolitamente aggrottata. "È stato tanto tempo fa, cara. Non è importante ora".

Marina non era convinta. "Quando lo dici in questo modo, so che non è così". Si voltò per seguire Jack e Cruise, ma Ginger le afferrò il braccio.

"Lascia che Jack gli parli. Lui sa cos'è successo".

"Vorrei saperlo anche io", disse Marina, trattenendosi. "Spero che Cruise si presenti domani. E vorrei comunque sapere perché era così sconvolto".

Ginger si premette una mano sulla fronte. "All'improvviso mi sento piuttosto stanca. Chiedi a Jack di spiegarti tutto, cara".

Quella sera, dopo che Jack e Marina ebbero messo a letto Leo, Scout si diresse verso di loro in salotto, scodinzolando e mugolando vicino alla porta d'ingresso.

"Deve uscire a fare una passeggiata", disse Jack, cercando il guinzaglio del cane. "Lo porto io".

"Oh, no, per niente". Marina incrociò le braccia, non volendo lasciarlo andare così facilmente. "È tutta la sera che aspetto di parlarti. Non sparirai per una lunga passeggiata con Scout. Può andare in giardino".

Si diresse verso la cucina, aprì la porta sul retro e fischiò. Scout sembrava confuso, poi balzò fuori. Lei chiuse la porta e tornò da Jack.

"Stavo aspettando la tua spiegazione", esordì. "Per

qualche motivo, Ginger era emotivamente esausta e tu non volevi parlare davanti a Leo. Ma ho bisogno di sapere che cosa ha turbato Cruise e perché Ginger ha pensato che tu potessi calmarlo. Lui lavora per me, quindi è importante".

Si passò una mano tra i capelli. "Sono un po' intrappolato in mezzo. Ginger ti ha mai parlato dei Bennington?"

"No. Ma perché dovrebbe parlarne con te?".

Lasciò andare un respiro. "È una lunga storia. Sediamoci in veranda. Ho bisogno di aria fresca".

Marina non riusciva a immaginare cosa stesse succedendo e come fosse coinvolto Cruise. Non pensava che sua nonna e Jack avessero dei segreti tra loro.

Si sistemò sul dondolo di legno che avevano da poco appeso in veranda. "Perché Cruise era così arrabbiato?".

Jack allungò il braccio intorno a lei e diede una lieve spinta all'altalena. "Mentre sfogliavamo i suoi vecchi album in garage, ho riconosciuto un nome".

"Bennington. Non credo di averlo mai sentito qui a Summer Beach".

"Ma ne avrai sentito parlare".

"Certo", disse Marina, ricordando come. "Quando ero conduttrice del telegiornale, a San Francisco. Ho raccontato lo scandalo finanziario che coinvolgeva Charles...". Si fermò. "È ancora in prigione. Il tuo giornale ha scoperto quella storia, giusto?"

"Sì, quel pezzo aveva la mia firma. Ginger lo chiamava Chase".

"Oh, sì. Credo che i suoi amici e la sua famiglia lo chiamassero così". Marina cercò di ricordare altri dettagli, ma era successo anni prima. "Aveva trascinato anche il figlio in quel pasticcio. Se non ricordo male, anche lui finì in prigione".

"Suo genero", disse Jack. "Ha preso il cognome della moglie quando si è sposato nella famiglia".

Ora tutto le tornava in mente. "All'epoca tutto ciò era considerato strano. Alcuni pensavano che stesse nascondendo il suo passato. Ma perché Ginger è coinvolta?"".

Jack trasalì. "È una cosa personale".

"Ma l'ha detto a te e non a me?"". Marina cercava di capire, ma Jack non era molto desideroso di parlarne.

"Gliel'ho tirato fuori", rispose Jack scusandosi. "Vecchie abitudini da intervistatore, immagino. Mi dispiace".

Jack aveva quella capacità, quindi lei era in grado di capire. "Non importa, spiegami".

Marina ascoltò Jack mentre le raccontava tutto ciò che Ginger aveva condiviso con lui. Un'ondata di tristezza la investì immaginando Ginger, una giovane sposina, che aveva dovuto affrontare quella situazione.

Avrebbe voluto poter affermare che i tempi erano cambiati in modo più significativo, a maggior ragione.

Ma forse tutto ciò aveva reso Ginger più forte, trasformandola nella donna formidabile che era.

Mentre si dondolavano sull'altalena nell'aria mite della notte, Jack le raccontò anche quanto Chase Bennington fosse stato vendicativo nei confronti della proprietà di famiglia. Parlò della casa in cima al monte e della vendetta di Chase contro Carol Reston.

"Ha bruciato la casa?"

"È quello che si sospettava, anche se non si sono mai trovate le prove", rispose Jack. "Immagino che Carol e Hal avessero degli avvocati che se ne siano occupati per loro. Non vivevano qui e Carol era spesso in tournée".

Quando terminò, Marina alzò il viso verso la brezza. "Ora capisco perché Cruise era così mortificato. Che eredità. Immagino che siano stati suo padre e suo nonno a essere condannati per frode".

Jack si sfregò la fronte. "Me l'ha confermato oggi. Gli ho assicurato che non avremmo diffuso la notizia in città".

"No, certo che no". Non avrebbe gettato buona luce su nessuno di loro. Tuttavia, il cuore di Marina si strinse per il giovane. "Cruise era piccolo, probabilmente aveva circa dieci o dodici anni quando suo padre e suo nonno sono stati allontanati dalla sua vita".

"Deve essere stata dura per lui".

"Mi chiedo se Cruise sia andato a trovarli in prigione o abbia tenuto i contatti con loro. Non è successo qualcosa a sua madre?"

"È morta di infarto", rispose Jack.

Ora si ricordava. "Alcuni hanno detto che è stato un vero e proprio crepacuore. Con chi viveva Cruise allora?"

"È stato mandato in collegio".

"È strano. Non sembra il tipo". Sorrise tra sé e sé. "Forse questo spiega la sua familiarità con il caviale".

"Ci è rimasto solo pochi mesi. Non so cosa gli sia successo dopo".

Marina sapeva che il suo curriculum non comprendeva tutto ciò. Per quanto ne sapeva, era completamente auto-sufficiente. Lavorava sodo e aveva i suoi sogni. "Mi chiedo se sia rimasto del denaro in famiglia".

Jack si spostò sull'altalena. "Ne dubito seriamente".

"Beh, sono felice che tu me ne abbia parlato". Tutto ciò aveva un senso, e metteva le cose in una diversa prospettiva per lei. "Questo mi aiuta a capire meglio Cruise. E Ginger, naturalmente".

Le prese la mano e se la portò alle labbra. "Spero che

tu non sia arrabbiata con me", disse, alzando lo sguardo su di lei.

Occhi troppo azzurri per potersi fidare, pensò, ricordando l'impressione che aveva avuto quando si erano incontrati. Non sapeva perché le fosse venuto in mente, ma la cosa l'aveva spaventata. Jack era suo marito ora. Non dovevano trattenersi.

"Sei sicuro di avermi detto tutto?", chiese.

"Tutto quello che mi ha detto Ginger".

Il giorno seguente, Cruise arrivò in anticipo al locale, e Marina ne fu piacevolmente sorpresa. "È bello riaverti con noi, Cruise".

"Grazie per avermi dato un'altra possibilità". Un'espressione pensierosa gli attraversò il viso mentre si infilava i capelli nella fascia sulla nuca. "Immagino che Jack ti abbia raccontato qualcosa".

"È mio marito". Tuttavia, Marina non era sicura che Jack lo avesse fatto del tutto.

Cruise prese un grembiule e lo fece scivolare sulla maglietta. "Mio padre è uscito di prigione, recentemente. Non lo vedo da anni, e ora vuole comportarsi come se non fosse successo niente".

"Vuoi avere un rapporto con lui?"

"Non conosco quell'uomo. Sono riuscito a malapena a vederlo, prima che finisse dentro. Lavorava per mio nonno, che era un personaggio decisamente sgradevole".

"Sembra che non ci sia un grande amore perduto".

Cruise fece una smorfia. "Zero. Era lui il vero criminale. Mio padre lo assecondava e basta. Mia madre mi ha detto che cercava in tutti i modi di farsi accettare da mio nonno. Ma era un tipo duro". Fece una pausa, sbattendo le palpebre. "La mamma diceva che suo padre non le ha mai detto di volerle bene".

Marina avrebbe dovuto chiudere lì il discorso, ma Cruise sembrava aver bisogno di parlarne, in quel momento. "E tuo padre l'ha fatto?", chiese gentilmente.

"Io non me lo ricordo, ma lui ora dice di sì". Si passò una mano sulla barba incolta della mandibola. "Non ho tempo di sistemare i disastri che ha fatto nella sua vita. Voglio solo fare ciò che so fare bene".

"Dove hai imparato a cucinare, Cruise?"

"Come dice il mio curriculum...".

"So cosa dice. Ma voglio sentire la tua storia".

Le rivolse un timido sorriso. "Dopo la morte di mia madre, mi hanno mandato in collegio, ma lo detestavo. Non avevo amici e gli altri bambini mi rubavano il cibo. Il personale della cucina se ne accorgeva, così mi lasciava entrare e mi dava da mangiare. Guardavo tutto quello che facevano. Sono stati i miei primi insegnanti".

"Sei stato lì a lungo?"

"No. Mio zio ha smesso di pagare la retta quando ha scoperto che non sarebbe stato rimborsato dalla proprietà perché non c'erano più soldi. Ho dovuto iniziare a guadagnarmi da vivere. Questa è la mia storia. Il resto lo conosci".

"Un giorno ti guarderai indietro e ti stupirai di quanto sei riuscito a fare".

"Lo pensi davvero?"

"Certo che sì", disse. "Ora parliamo del menu del centenario. Non abbiamo molto tempo prima dell'evento, e voglio che sia favoloso".

Marina si era impegnata molto: telefonate, raccolta di

fondi e gestione dei gruppi di volontari. Sebbene all'inizio fosse reticente, aveva accettato la sfida. Era il suo regalo a Summer Beach, per averla sostenuta nel suo nuovo inizio e nella sua nuova vita.

Tante persone avevano contribuito mettendo a disposizione il loro tempo. Non voleva che qualcosa rovinasse la festa.

18

*M*arina riesaminò con Cruise il suo piano di attività del locale e del food truck per i festeggiamenti del centenario, e lui aveva capito subito cosa bisognava fare.

"Ci sono domande?", chiese lei.

Cruise sorrise. "Non ancora, ma questa volta non mancherò di farne".

"Allora andremo d'accordo", disse Marina, soddisfatta del suo nuovo atteggiamento. "Mentre tu inizi, io vado a controllare Ginger e Heather. Torno subito".

Dopo aver lasciato a lui il compito di occuparsi dei preparativi, percorse la breve distanza che la separava dal cottage della nonna. Dalla finestra vide Heather e Ginger che prendevano il caffè. Aprì la porta.

Heather finì la tazza e la mise nel lavandino. "Ciao, mamma. Faccio una doccia e poi ci vediamo al bar".

"Non metterci troppo", disse Marina. "Oggi ci sarà molto da fare. La gente è in città per il centenario".

"Grazie al cielo Cruise è tornato". Heather sparì su per le scale.

Ginger fece un cenno verso la caffettiera. "Caffè appena fatto, se ne vuoi una tazza".

"Solo un goccio". Marina se ne versò mezza e si appollaiò su una sedia del vecchio tavolo cromato di formica rossa.

Ginger alzò lo sguardo. "Tu e Jack avete parlato ieri sera?"

"Mi ha raccontato tutto quello che è successo". Toccò la mano della nonna. "Mi dispiace per quello che hai dovuto passare".

"Succede troppo spesso, ma io sono stata fortunata. E avevo Bertrand, che era un vero principe".

Marina sorseggiò il suo caffè, osservando la nonna. Era segnata dalle battaglie ma bellissima, dentro e fuori. "Non sapevo che i Bennington avessero una loro storia, qui a Summer Beach. Perché la gente non ne parla?".

Ginger agitò una mano. "È stato tanto tempo fa. Erano persone che venivano d'estate, e non frequentavano molto gli abitanti del luogo. Sono rimasti in pochi, tra quelli che vivevano qui allora, e ancora meno conoscono Chase o suo figlio Chaz".

"Io e Cruise abbiamo appena parlato", disse Marina. "Gli ho detto che non divulgheremo la storia della sua famiglia qui. Suo padre è recentemente uscito dal carcere. Ha cercato di contattare il figlio, ma Cruise non vuole parlargli. Del resto, anche Chaz non è stato vittima di Chase Bennington?".

Ginger ci pensò. "Lo è stato davvero? Chaz sapeva quanto di sbagliato ci fosse in tutto ciò, ma ha continuato a farlo perché ne traeva vantaggio economico. Per questo è stato condannato".

"Scelte sbagliate da parte sua, allora". Marina si sporse in avanti. "Jack ti ha detto che si è occupato della loro storia?"

"L'ha fatto", rispose Ginger.

"Mi chiedo se si sia messo in contatto con il padre di Cruise da quando è uscito", azzardò lei.

"Glielo hai chiesto?"

"Me lo direbbe". Mentre parlava, le venne in mente un pensiero. *Se potesse.*

Da quello che Jack le aveva detto, senza scendere nei particolari, la storia a cui stava lavorando rispecchiava il caso Bennington. Stesso ambiente sociale, anche se diversi metodi di frode. Forse il padre di Cruise era una fonte per le indagini di Jack.

Ginger non era a conoscenza di alcun contatto, ma ora Marina non ne era più così sicura.

Tuttavia, non avrebbe fatto pressioni su Jack. Capiva la natura delicata di ciò che faceva e la necessità di mantenere le proprie fonti riservate.

Mentre tornava al bar, vide il critico gastronomico che Rhoda aveva mandato. Marina lo chiamava Mr. Gemelli; anche quel giorno era vestito in modo impeccabile. Si chiese perché fosse tornato. E perché si stesse dirigendo verso la cucina, tanto più che il locale non era ancora aperto.

Proprio in quel momento, vide Cruise affrontarlo. Mentre si avvicinava alla cucina, la loro conversazione risuonò attraverso il patio della sala da pranzo.

"Vieni con me", disse l'uomo più anziano. "Siamo una famiglia".

Cruise incrociò le braccia. "Non ho intenzione di sparire in nessun programma di protezione governativo con te. Ho una bella vita, qui".

L'uomo alzò la mano, indicando Cruise. "Non parlarmene".

Marina rallentò il passo. Quell'uomo non era un critico gastronomico: era il padre di Cruise.

La luce del sole brillò su un gemello d'oro. "Probabilmente non ti rivedrò mai più. E non so quanto tempo mi rimanga".

"Quello che hai fatto della tua vita non è una mia responsabilità", disse Cruise, sorridendogli. "Qui sono felice".

"È questa città, vero?".

Cruise scrollò le spalle. "Mi piace stare qui".

"Ti piacerebbe ancora di più, se avessimo ancora la nostra tenuta sul crinale".

"Sarebbe stata di mamma, non tua". Proprio in quel momento, Cruise vide Marina. "Senti, sta arrivando la mia capa. Devo andare".

"Pensaci". L'uomo più anziano si voltò e si allontanò.

Marina lasciò andare il respiro che aveva trattenuto e riprese il passo.

Quando raggiunse la cucina, appoggiò i palmi delle mani sul bancone. "Ehi, stai bene?"

"Immagino che tu abbia sentito. Era il mio presunto padre. Non gli ho chiesto di venire qui".

"So che non l'hai fatto". Marina non disse che era già stato lì. Le dispiaceva per Cruise e voleva che la loro giornata iniziasse nel modo migliore. "Non puoi scegliere i tuoi genitori, ma puoi scegliere la tua vita. Quello di cui parlavi prima… fallo. Segui i tuoi sogni".

"Lo farò. E lui se ne andrà presto". Cruise serrò la mascella. "Lavoriamo e basta, ok? Hai detto che abbiamo un milione di cupcake e tonnellate di popcorn da preparare".

"Certo che sì". Lei sorrise e gli batté il pugno. Avevano molto da fare.

Il festival del centenario era ormai alle porte e i visitatori cominciavano ad arrivare. Era l'evento più importante dell'anno a Summer Beach. Ormai ne era convinta, e voleva che tutto ciò che avevano programmato si svolgesse senza intoppi: la parata, il punto ristoro, la festa e i fuochi d'artificio.

Avrebbe detto a Jack del padre di Cruise? Nessun altro l'aveva visto. A quel punto si voltò. Dalla finestra della cucina di Ginger si vedeva chiaramente la cucina aperta del bar.

Mentre Marina si allontanava dal bancone per lavorare, arrivò Heather. "Ehi, è bello rivederti qui", disse a Cruise. "Lavorerò al camioncino con te. Mamma chiuderà il locale durante la parata, così potremo andare tutti".

"Dovrebbe essere divertente", disse. "Blake sembra un bravo ragazzo. È tutto a posto con lui?".

Heather sorrise. "Smettila di essere così protettivo".

"È a questo che servono gli amici maschi", disse, lanciando un'occhiata a Marina. "Mi prendo cura di lei. E niente di più, te lo prometto".

"Sono contenta che tu lo faccia", disse Marina. "Anche se credo che se la cavi abbastanza bene da sola".

"Ma non farò cento cupcake o una tonnellata di popcorn da sola", disse Heather, e tutti risero.

Marina aveva creato un menu speciale per il centenario per il food truck e il caffè. Semplice, divertente e facile da preparare. Piccoli *slider burger*, cupcake glassati e quattro gusti di popcorn: salato al rosmarino, dolce al caramello, al formaggio e al cioccolato bianco e fondente.

Summer Beach aspettava migliaia di visitatori. Marina alzò lo sguardo e vide che le persone si stavano radunando all'ingresso.

"Sembra che i turisti siano arrivati in anticipo", disse Marina. "Tanto vale aprire. Facciamolo". Alzò la mano per dare il cinque e tutti si diedero una pacca.

Dopo pranzo, Marina mostrò a Cruise e Heather cosa dovevano preparare per il food truck.

"Ehi, avete una ciotola di zuppa di tortilla lì dietro?", chiamò Jack. "Non voglio dare troppo fastidio".

"Siediti", disse Marina, dandogli un bacio. La specialità del giorno stava ancora cuocendo sul fuoco. Gliene versò una ciotola e la condì con fette di avocado e formaggio.

"Sarà un fine settimana grandioso da queste parti". Jack si sedette al tavolo dello chef in cucina e Marina gli mise davanti la ciotola.

Quando Cruise portò fuori la spazzatura, Marina portò a Jack un bicchiere d'acqua e si sedette accanto a lui. "Suo padre è stato qui prima. Cruise non ne è stato molto contento".

"Cosa?" Jack raccolse il cucchiaio.

"Non hai più parlato con lui da quando è uscito di prigione, vero?".

Con un sospiro sommesso, Jack posò il cucchiaio e le prese la mano. "Stai attenta quando c'è lui in giro. Per favore, non farti coinvolgere".

Marina vide la preoccupazione sul suo volto e avvertì la preoccupazione in quello che non riusciva a dire. "Capisco. Grazie per avermelo fatto sapere".

"C'è una cosa a cui stavo pensando", disse lui, accarezzandole la mano mentre parlava. "Stavo cercando un nuovo modo per mettere a frutto le mie capacità nel mondo del giornalismo. Qualcosa di più sicuro".

"Più che illustrare libri per bambini?". Non riuscì a resistere.

Jack ridacchiò. "Più che altro, un luogo dove poter discutere con le persone delle loro idee in modo informale. Magari riunirsi per una tranquilla chiacchierata durante un pasto".

"È intrigante. A proposito di cosa?"

"Di tutto". Jack tamburellò le dita sul tavolo mentre pensava. "Qualsiasi cosa la gente sappia fare, abbia scoperto o di cui si preoccupi. Hai visto quella cucina a un'estremità del magazzino?".

Marina se ne ricordò. "Probabilmente viene usata per il catering".

"La gente parla più volentieri davanti ad un buon piatto. Ascoltami". Immediatamente, divenne più eccitato e animato. "Stavo pensando che si potrebbe preparare qualcosa, magari una ricetta di famiglia che anche l'ospite sia in grado di fare. E parlare mentre si cucina e si cena. In questo modo, lo scambio di idee diventa libero e naturale".

Era intrigante, ma... "Aspetta, *mentre si* cucina?"

"È parte del fascino: una persona che non sa quello che sta facendo".

Marina rise. "È troppo banale".

"Oppure... forse potrebbe esserci uno chef". Alzò il sopracciglio, come per farle una domanda.

Marina scosse la testa, anche se le idee le ribollivano in testa. "Che ne dici di Cruise?"

"Non tu?"

Scuotendo la testa, disse: "Meglio qualcuno di giovane, sul pezzo e che buchi lo schermo. Io ho fatto il mio tempo davanti a una telecamera".

"Vuoi essere la mia regista?"

"Assolutamente no. Mi sono ritirata dalle notizie e dai media. Ora ho un impero di food truck da costruire".

Jack sorrise e prese il cucchiaio. "Sembra che presto potremmo litigare per Cruise".

Alzò lo sguardo e lo vide tornare in cucina. "Prenderà le sue decisioni. Quel giovanotto ha tutta la vita davanti a sé".

"Anche noi", disse Jack rivolgendosi a lei. "Chiamerò Carol e Hal questo pomeriggio, prima che mi convinca a non farlo".

"Credo che adoreranno l'idea". Sentendosi così orgogliosa di suo marito, Marina gli passò una mano sulla spalla.

"E prometto", aggiunse. "Niente più segreti tra noi. Dico sul serio. Il mio vecchio lavoro non è più adatto alla nostra nuova vita".

"Ti sosterrò in qualsiasi cosa tu decida di fare", disse Marina.

Jack le toccò la guancia. "Ho bisogno di un cambiamento, comunque. Voglio essere entusiasta di qualcosa di nuovo, non avere a che fare con la solita routine. Ti ho visto realizzare il tuo sogno. Ora tocca a me".

Fece una pausa e premette la fronte sulla sua. "Ti amo, Marina. Più di quanto abbia mai pensato fosse possibile. Ce la faremo a superare tutto".

"Anch'io ti amo, tesoro". Non c'era bisogno di chiedere cosa intendesse per *tutto*. "Dovresti chiamare Carol e Hal subito dopo aver finito la zuppa di tortilla. Non lasciare che nessuno dei due si raffreddi".

Ridacchiò e prese il cucchiaio. "Pensi davvero che possa funzionare?".

Marina lo baciò delicatamente. "So che ce la farai".

"Proprio come hai fatto tu", disse lui, scostandole una ciocca di capelli dalle ciglia. "Prima con il locale, e ora con il centenario".

"Non portare sfortuna", disse ridendo.

"Davvero, cosa potrebbe andare storto?", chiese.

19

*J*ack lanciò una vecchia pallina da tennis color verde lime sulla spiaggia, e Scout la seguì con la sua andatura leggermente sbilenca. Jack ridacchiò tra sé e sé. Era il giocattolo preferito di Scout, per quanto sporco fosse.

Si voltò verso la brezza del mattino, lasciando che gli scompigliasse i capelli mentre fissava la distesa di sabbia di Summer Beach. Era per lo più tranquilla, anche se alcuni turisti stavano reclamando il loro spazio e sistemando ombrelloni, sedie e borse frigo. La spiaggia si sarebbe riempita di gente più tardi. Sarebbe stato il fine settimana più affollato dell'estate.

Il telefono gli trillò in tasca e lui lo tirò fuori. "Pronto, sono Jack".

"Ho bisogno di parlarti".

Era Chaz. Il cuore gli sprofondò. "Sono fuori dalla storia".

"Non si tratta di questo".

Scout tornò indietro e lasciò cadere la palla davanti a

sé, ansimando con quello che sembrava un grande sorriso di circostanza.

L'oceano rombava in sottofondo, rendendo difficile l'ascolto. "Ho da fare, Chaz".

"Non così tanto, direi. Lancia di nuovo quella palla, poi ci vediamo sulla spiaggia".

Jack chiuse gli occhi e reclinò la testa all'indietro. "Dove sei?"

"Girati, amico mio".

Jack riattaccò e lanciò la pallina da tennis. Scout partì come un razzo, facendo schizzare la sabbia sui jeans di Jack. Con un sospiro, si girò. Chaz passeggiava verso di lui con una giacca di lino buttata sulle spalle e le scarpe lucide che raccoglievano la sabbia bagnata.

"Ti avevo preso per un tipo da pastore tedesco", disse Chaz, allungando la mano.

"Le cose sono cambiate", disse Jack, voltandosi.

"Che peccato non poter essere amici".

"Senti, hai ottenuto quello che volevi. Quando la storia si diffonderà, probabilmente quella gente finirà in galera. Sarai libero di fare ciò che vuoi".

"Non esattamente. Tuttavia, mio suocero avrebbe bisogno di qualche vecchio amico del country club, dove si trova ora. È un altro tipo di club, naturalmente".

"Cosa vuoi? Un altro contatto con i media? Perché io sono fuori…"

"…dalla storia. Sì, lo hai già detto. Forse ce n'è un'altra proprio qui a Summer Beach per te", disse Chaz con dolcezza.

"Non ho idea di cosa tu stia parlando".

Scout tornò al trotto, con l'aria stanca. Prendendo la

196 | JAN MORAN

palla, ormai coperta di sabbia, disse: "Un altro giro, ragazzo".

Lanciò di nuovo la palla, sfogando su di essa la sua frustrazione. Scout saltò con rinnovato fervore.

"Non hai una brutta mano. Giocavi a baseball, al college?"

"Basta con le chiacchiere. Che succede?"

Chaz si voltò verso il Coral Café. "Sei un uomo intelligente. Grazie a questa pittoresca celebrazione storica della comunità, sospetto che tu possa aver scoperto la storia della mia famiglia".

A disagio, Jack seguì il suo sguardo. "Quella di tua moglie, intendi".

L'altro uomo sospirò stizzito. "Quando mi sono sposato, i Bennington sono diventati la mia famiglia, per ovvie ragioni. Non avrei mai pensato di vederlo stampato da qualche parte. O di rispondere a domande sul mio passato in un'aula di tribunale. Non hai idea di quanto sia stato difficile".

"Più difficile che affrontare le famiglie che la tua azienda ha rovinato finanziariamente?".

Scrollò le spalle. "La gente dovrebbe stare più attenta".

"Anche dopo tutto questo tempo, mostri poco rimorso per coloro che hai frodato. Se lo avessi fatto, forse te la saresti cavata con la libertà vigilata".

"Non ho fatto nulla del genere. Mio suocero…"

"Cosa c'è, Chaz?" Jack strinse i denti, ogni secondo con quell'uomo durava un'eternità.

L'altro sollevò il mento. "Avrai sicuramente appurato la mia parentela con il giovane chef di tua moglie".

"L'ho fatto".

"Questa città ha rovinato la mia famiglia". Alzò una

mano, indicando la casa di Carol Reston sul crinale. "Quella era di nostra proprietà. Dovrebbe esserlo ancora".

Uno strano senso di avvertimento fece solleticare il collo a Jack. "Stai vivendo nel passato. Lascia perdere".

"Non permetterò che le persone meschine di questa città rovinino anche mio figlio".

Jack sapeva che avrebbe dovuto andarsene via, quando Chaz gli si era avvicinato. Ma ormai era troppo tardi. "Non ti seguo".

"Cruise si rifiuta di andarsene". Chaz si schernì al pensiero. "Dopo questo processo, e se condivido quello che so, potrebbe vivere con me in qualsiasi parte del mondo in un programma di protezione testimoni. Saremmo protetti dalle stesse persone che hanno cercato di distruggermi. Delizioso, vero?".

Un brivido corse lungo la schiena di Jack. "Non puoi costringere Cruise a venire con te. E se gli abitanti del posto condividessero con lui la storia dei Bennington e lo mettessero contro di voi? Come la prenderà suo nonno?".

Chaz serrò la mascella e gli occhi gli si velarono. "Le persone maligne di Summer Beach non dimenticheranno mai né me né i Bennington. Mio suocero apprezzerà le mie azioni, ricordati le mie parole. Avrebbe dovuto essere lui il Gran Maresciallo, non *lei*. Ginger Delavie ha rovinato la nostra famiglia. Ma ciò che ho intenzione di fare passerà alla storia".

Scout corse tra le onde, schizzando le scarpe lucide di Chaz e scuotendolo dalla sua trance vendicativa.

Chaz sbuffò: "Lo vedrai presto".

"Vedere cosa?" Jack si aggrappava a qualsiasi informazione che potesse far trapelare.

Chaz lo salutò con un cenno del capo e corse via sulla sabbia.

Mentre Jack guardava quell'uomo, distrutto e amareggiato, inciampare e scivolare sulla sabbia, in preda a una rabbia fuori luogo, Scout guaiva ai suoi piedi.

"Per oggi è tutto, vecchio mio". Jack sciacquò la palla e la mise in tasca.

Tuttavia, Scout aveva iniziato a guaire dietro a Chaz.

Jack capì che persino il cane sapeva che c'era qualcosa di sbagliato in quel personaggio. "Vieni, ragazzo. Dobbiamo andare subito da Ginger". L'urgenza lo attanagliò e si affrettò verso il cottage color corallo.

Jack salì sul portico. "Aspetta qui, con quelle zampe piene di sabbia", disse a Scout, che obbedientemente si sdraiò a terra. Mentre si puliva i piedi sul tappetino, provò la maniglia della porta d'ingresso e la spinse, aprendo. "Siete tutti presentabili?"

"Perché? Vieni pure", disse Ginger. "Siamo in cucina a mettere altri muffin nel forno".

Quando entrò in cucina, Marina alzò lo sguardo, sorpresa. "Pensavo che saresti andato a prendere Leo stamattina".

"Sono successe un po' di cose. Quella porta deve essere tenuta chiusa", aggiunse, più bruscamente di quanto avesse voluto, ma il cuore gli batteva forte. Doveva controllare anche dove fosse Leo. "C'è gente di ogni tipo in giro, soprattutto questo fine settimana".

Marina aprì la bocca. "Che cosa è successo?"

"Chaz è venuto a trovarmi sulla spiaggia". Passandosi una mano tra i capelli, Jack fece una pausa per ricomporsi. "Sta architettando qualcosa, e tentava di provocarmi. Non so cosa abbia in mente di fare, ma dobbiamo fermarlo".

Ginger si alzò in piedi, rafforzando lo sguardo. "Quel piccolo uomo, che essere vendicativo. Non mi sorprende. Assomiglia tanto a suo padre".

"Dobbiamo chiamare l'ispettore Clarkson", disse Marina. "E io lo dirò a Cruise".

"Avvertirò Vanessa", disse Jack, cercando di calmare il respiro. "E qualcuno dovrebbe chiamare Carol Reston".

"Lo farò", disse Ginger. "Domani si deve esibire".

Jack avvertì un senso di nausea. "È lei l'ospite a sorpresa? Marina, perché non me l'hai detto?".

Alzò le mani. "Ho pensato che lo sapessi, dopo averli chiamati per il magazzino. E doveva essere una sorpresa".

Jack si premette una mano sulla fronte. La conversazione con Carol e Hal era andata bene come sperava, ma non avevano parlato del centenario.

"Chi sta chiamando il capo della polizia?", chiese Ginger.

Marina tirò fuori il telefono dalla tasca. "Lo metto in vivavoce".

Proprio in quel momento, Heather scese al piano di sotto. "Mamma, che succede?".

Marina lanciò un'occhiata a Jack. "Tesoro, vai a prendere Cruise e portalo qui. Ti aggiorneremo insieme".

"Ok, come vuoi". Heather sembrava confusa, ma si avviò verso il locale.

"No, aspetta", disse Jack toccandole la spalla. "Mandagli un messaggio e digli di venire qui. Nessuno se ne deve andare in questo momento".

"È il padre di Cruise", disse Marina. "Sta minacciando la città. Forse durante questo fine settimana".

Heather guardò tra tutti loro. "Non durante il centenario", disse, chiaramente costernata.

Marina la abbracciò e Jack mise le sue braccia intorno a loro. Il cuore di Marina batteva forte come il suo. "Mi dispiace tanto, ma lo fermeremo".

Il senso di colpa minacciava di sopraffarlo. Non si sarebbero trovati in questa situazione se lui non avesse proposto quella storia, aprendo un portale verso il passato.

Mandò un rapido messaggio a Vanessa riguardo a Leo. "Facciamo quella telefonata".

"C'è qualcosa che sta bruciando?", chiese Heather, annusando l'aria.

"Oh cielo", disse Ginger. "I cupcake".

"Ci penso io", disse Cruise, precipitandosi in cucina. Afferrando uno strofinaccio, aprì il forno. Tirò fuori un vassoio di muffin bruciati prima di affrontare tutti. "Che succede?"

"La colazione è rimandata, temo", disse Marina. "Si tratta di tuo padre".

"Non ho un padre", ringhiò Cruise.

"Tieniti forte", disse Jack, appoggiando il telefono sul tavolo rosso della cucina. Compose il numero e mise la conversazione in vivavoce.

Quando l'ispettore Clarkson rispose, Jack gli raccontò rapidamente i retroscena di ciò che stava accadendo. "Chaz Bennington ha lanciato una minaccia contro Summer Beach. Credo che proverà a fare qualcosa durante i festeggiamenti del centenario".

Si sentiva ribollire di agitazione. L'evento a cui tutti avevano lavorato così duramente avrebbe dovuto essere un momento di unione e riflessione, ma ora era funestato da una minaccia.

Ci fu una breve pausa all'altro capo. "Jack, ne sei sicuro?". La voce dell'ispettore Clarkson era sempre ferma. Era uno dei motivi per cui Jack lo rispettava così tanto.

"Non darei l'allarme se non lo fossi". Disse a Clark ciò che sapeva. "Siamo tutti con Ginger al Coral Cottage".

"Va bene", rispose l'ispettore Clarkson. "Ora ci pensiamo noi. Hai fatto bene a chiamare, Jack. Tienili al sicuro".

Il cuore di Jack batteva forte, il suo istinto protettivo si era acceso. "Lo farò. Ma non posso stare con le mani in mano. Posso essere lì in cinque minuti".

"Hai fatto la tua parte, quindi lascia che ce ne occupiamo noi. Manderò una pattuglia al cottage. Hai idea di dove possa essere questo tizio?".

Jack si rivolse a Cruise, che scosse la testa. "Nessuno di noi lo sa". Riattaccò, sentendo il peso della responsabilità per la situazione.

Infuriato, Cruise tirò un pugno in aria. "Quell'uomo può bruciare all'inferno, per quanto mi riguarda".

"Interessante scelta di parole", disse Jack. Improvvisamente, ebbe un'idea. Compose il numero di *Nailed It*, a cui rispose Jen.

"Ciao Jen, sono Jack. Mi chiedevo se avete delle bombole di gas".

"Certo che sì", rispose lei. "Vuoi che ti metta da parte l'ultima?"

"L'ultima?", intonò, sentendosi male.

"Un tizio ne ha comprate diverse ieri, ma ne avevamo una nel magazzino posteriore che ho trovato e messo fuori".

Jack si alzò dal tavolo. "Non venderla. Ti spiegherò più tardi. L'ispettore Clarkson potrebbe chiamarti". Con lo stomaco in subbuglio, riattaccò.

Marina prese Heather e Ginger tra le braccia. "Dobbiamo sorvegliare subito la casa".

"E il caffè", aggiunse Ginger, con uno sguardo deciso.

Cruise strinse la mascella e tutti annuirono. Jack si rivolse a lui. "Io e te dobbiamo sorvegliare la proprietà. Te la senti?".

Il giovanotto annuì. "Chaz non la passerà liscia".

Rabbrividendo per la preoccupazione, Heather gettò le braccia al collo di Cruise. "Stai attento, là fuori".

Sorridendo, Cruise le baciò la sommità del capo. "Non permetterei mai che ti succeda qualcosa".

La mente di Jack correva. Aveva fatto abbastanza? L'ispettore Clarkson avrebbe individuato Chaz in tempo?

Dopo tutto ciò, sperava che il cuore e lo spirito di Summer Beach continuassero a risplendere nonostante tutto, senza essere intaccati da quell'anima oscura che cercava di distruggerli.

20

I sottili raggi del mattino filtravano dalla finestra, svegliando Marina. Immediatamente, controllò le previsioni del tempo sul telefono e tirò un sospiro di sollievo. Si sollevò su un braccio e scosse Jack, che si era appena svegliato.

"Senti un po'", disse. "La tempesta ha virato verso il Pacifico e si è dissolta. Oggi avremo un cielo sereno per i festeggiamenti".

Jack si rotolò nel letto e la abbracciò. "Mia moglie è incredibile. Riesce persino a tenere a bada il tempo".

Ridendo, lei gli diede qualche colpetto sul petto nudo. "Dai, ci aspetta una giornata importante. Sono così emozionata".

Le prese il viso tra le mani. "E devo parlare con l'ispettore Clarkson per la questione di Chaz".

Al suono di quel nome, Marina sbatté le palpebre, il ricordo del giorno prima gettava un'ombra di nubi su quella che avrebbe dovuto essere una giornata di sole. "Controlla il telefono".

Il giorno precedente avevano fatto i turni per sorvegliare la proprietà di Ginger fino a quando la polizia di
Summer Beach non aveva piazzato lì una pattuglia. Marina
aveva aperto il locale, che si era subito riempito di clienti,
mentre la gente giungeva in massa per i festeggiamenti del
fine settimana. Heather, Cruise e il nuovo personale
avevano lavorato fino a tardi per preparare il cibo e caricare il camioncino per la giornata.

Tuttavia, erano tutti preoccupati per quello che Chaz
poteva avere in mente. L'ispettore Clarkson aveva promesso
di far sapere loro quando lo avessero trovato.

Jack prese il telefono per controllare le notizie, e si accigliò. "Non si sa ancora nulla. Mi spiace, se ciò intralcia i
festeggiamenti".

"Non è colpa tua", disse lei, infilando le dita tra i suoi
capelli folti e ribelli. "Come potevi sapere che avrebbe
osato fare una minaccia del genere? Però, mi rifiuto di
lasciare che rovini l'evento".

"Questo è lo spirito giusto". Jack sorrise incoraggiato, e
premette le labbra sulle sue. "Quando farà la sua
comparsa, saremo pronti ad accoglierlo. Clark e le sue
forze di polizia sono pronti ad agire".

Marina doveva fidarsi. "Non possiamo permettere che
l'atteggiamento di un uomo faccia deragliare tutto il lavoro
dei volontari per questa giornata di festa". Tuttavia, era
scomodamente consapevole del rischio.

Jack le spostò delicatamente i capelli dalla fronte. "Ti
prometto che lascerò questo tipo di lavoro. Non posso più
mettere a rischio te o Leo. Credimi, molti giovani scrittori
affamati di gloria saranno entusiasti di prendere in
consegna i miei incarichi. L'ho già detto a Gus, e questo

non fa che rendermi ancora più convinto. Voglio prendere altre strade".

Fu sollevata, nel saperlo. "Sono sicura che presto avremo notizie da Clark". Era preoccupata, ma cercava di non darlo a vedere. Jack si sentiva già abbastanza in colpa.

Il giorno prima, l'ispettore Clarkson aveva detto loro di aver previsto la presenza di agenti di polizia fuori servizio, provenienti dalle comunità vicine, per aiutare con la folla e con qualsiasi cosa potesse accadere. Marina aveva inviato un messaggio a tutti i volontari, chiedendo di contattare immediatamente la polizia se avessero notato persone sospette o comportamenti insoliti. Era comunque una buona idea, si disse.

Si alzò di scatto dal letto, ma Jack la cinse con le braccia prima che potesse andarsene. "Ehi, non stai dimenticando qualcosa?", mormorò.

"Non credo", disse lei, sorridendogli. "Dobbiamo sbrigarci, Jack".

"Abbiamo ancora qualche minuto". Si mise a ridere. "Almeno il tempo necessario per augurarti un buon anniversario, tesoro".

Marina rise con lui. "Oh, santo cielo, è vero".

"Scommetto che pensavi che me ne sarei dimenticato". Le strinse le mani e le baciò. "Possiamo festeggiare più tardi per conto nostro". Aggrottò le sopracciglia. "Che ne dici del prossimo fine settimana da *Beaches*, solo tu, io e Scout?".

Lei rise di quello che ormai era diventato uno scherzo tra loro. "Che ne dici del prossimo fine settimana, ma da qualche altra parte?"

"Ci sto". La tirò su, la fece girare e ballò con lei fuori dalla camera da letto, con le mani che le cingevano la vita.

Mentre Jack svegliava Leo, Marina preparò dei frullati proteici a base di spinaci e frutta, per dare loro un po' di energia.

Avevano programmato che Jack e Leo avrebbero decorato il furgone mentre Marina e la sua squadra finivano di caricare il food truck. Denise e John avrebbero portato Samantha, per decorare il furgone insieme a Leo. Marina prese l'auto per andare a dare un'occhiata alla sede del festival e portare Kai al magazzino.

Quando arrivarono, il profumo di popcorn riempiva l'aria. Heather si precipitò fuori per accoglierli. Era già vestita, con i lunghi capelli raccolti in una coda di cavallo.

"Sei già pronta", disse Marina, abbracciandola. "Pensavo di doverti svegliare".

"Cruise mi ha chiamato all'alba. È da allora che sta facendo scoppiettare il mais". Gli occhi di Heather si allargarono. "Oh, mio Dio, la tua ricetta dei popcorn ricoperti di cioccolato bianco e fondente è fantastica. Li ho mangiati per colazione".

Marina rise. "Sono contenta che ti siano piaciuti, ma mangia qualcosa di sano. Oggi avrai bisogno di forze". Lanciò un'occhiata al camioncino.

Cruise la vide attraverso la finestra e la salutò.

"Come sta?" Marina notò che ieri lui e Heather avevano parlato molto.

Heather storse la bocca da un lato. "È un bravo ragazzo, quindi è terribilmente arrabbiato per suo padre. Non riesco a immaginare come si possa avere un genitore del genere. È un po' invidioso di me, visto che non ho mai conosciuto il mio".

"Vorrei che lo avessi fatto", disse Marina, toccando la

spalla di Heather. "Era un brav'uomo. Quando arriva Ethan?"

"Presto. Porterà una golf car per partecipare alla parata. Io e Blake ci uniremo a lui, e poi aiuterò Cruise con il camioncino".

"Se non c'è bisogno di te, oggi pomeriggio puoi andare", disse Marina. "Ora abbiamo più aiuto".

"Grazie, mamma. Voglio davvero che Ethan conosca Blake. Se siamo troppo impegnati con il camioncino, ho pensato che potrebbero intrattenersi a vicenda. Oppure Blake potrebbe aiutare Cruise a preparare i popcorn".

Marina sorrise. "Credo che Blake preferirebbe passare del tempo con te. Sembra piuttosto innamorato".

Il volto di Heather si colorì leggermente. "Provo la stessa cosa per lui. È così intelligente che possiamo parlare per ore. Anche lui ama Summer Beach".

"È un bel punto a suo favore", disse Marina. Non voleva spingere la figlia in una direzione che non le piaceva, ma le sarebbe piaciuto averla vicina.

Ginger apparve sui gradini della sua villetta con un cestino sotto braccio. Le salutò con un cenno del capo prima di dirigersi verso l'auto di pattuglia parcheggiata davanti a casa sua. Marina la guardò per vedere cosa stesse facendo, ma aveva un'idea abbastanza precisa.

"Buongiorno, agenti", disse Ginger. "Vi ho portato dei muffin e delle quiche appena sfornate. Vi ringraziamo per averci tenuto d'occhio".

Gli agenti la ringraziarono sentitamente.

Soddisfatta, Ginger raggiunse Marina e Jack. "Mantenere gli agenti all'erta è importante", disse abbracciando la figlia.

"Lo apprezziamo anche noi". Marina guardò l'orologio. "Devo controllare la sede di Main Street per assicurarmi che sia tutto pronto. Alcuni volontari sono già lì. Poi voglio vedere Kai per assicurarmi che tutto sia in orario con la parata. Non ci vorrà molto".

"Andiamo", disse Jack.

"Puoi restare qui con Leo a decorare il furgone insieme a lui", disse Marina. "Ho la mia macchina".

Un'espressione preoccupata gli offuscò il volto. "Mi sentirei meglio se venissi con te".

Ginger premette una mano sulla spalla di Jack. "Perché non andate, voi due? Faccio compagnia io a Leo".

"Probabilmente ha fame", disse Marina. "Non abbiamo avuto molto tempo per mangiare stamattina. Tra poco arriveranno anche Samantha e la sua famiglia". Un po' preoccupata, diede un'occhiata alla proprietà e il suo sguardo si posò sull'auto della polizia.

"Ho un'altra quiche e dei muffin in cucina", disse Ginger. "Nessuno qui morirà di fame".

Soddisfatti che tutto fosse sotto controllo, Marina e Jack partirono.

"Vuoi che guidi io?", chiese Jack.

"Certo". Marina gli lanciò le chiavi e lui le aprì la portiera.

Percorsero la breve distanza fino a Main Street e parcheggiarono lì. I volontari stavano sistemando delle sedie pieghevoli in una zona facilmente accessibile e riservata alle persone con problemi di mobilità. Molte persone portavano delle sedie da campeggio per assistere alla parata.

Le foto d'epoca di Ginger, di cui Jack aveva realizzato gli ingrandimenti, erano esposte nella parte vecchia di Main Street e in alcune vetrine. Gli escursionisti della mattina, incuriositi, si fermavano a leggere le didascalie aggiunte da lui.

"È stata una buona idea", disse Marina. "La storia di Summer Beach è affascinante. Quelle foto la fanno rivivere".

Passeggiando per l'affollata area gastronomica, si vedevano venditori che allestivano stand e camioncini in arrivo. Incrociarono bancarelle con nomi incisi nel legno e dipinti con colori vivaci.

"Ecco la bancarella di Cookie", disse Marina, ammirando l'abilità dell'amica con i dolci.

Cookie's Confections era una tavolozza colorata di deliziose crostate di fragole, biscotti al limone e torte ai mirtilli.

Accanto a lei c'era *Rosa's Tacos*, dove il marito di Rosa si occupava della griglia del camioncino dei tacos di pesce, parcheggiato dietro di loro. Rosa stava sistemando sul tavolo dei contenitori di guacamole fatto in casa, salsa piccante e tortilla chips croccanti.

Jack sollevò il sopracciglio. "Sembra strano che Rosa sia proprio accanto a lei".

Eppure, erano lì. Due ex rivali, Rosa e Cookie, che parlavano e ridevano come vecchie amiche.

Marina era stupita. "Vedi?", sussurrò a Jack.

Ridacchiò. "Sembra che abbiano finalmente fatto pace. Farle lavorare insieme è stato geniale. Immagino che questo significhi che non ci saranno lotte per il cibo durante l'evento. Quella parte di intrattenimento ci mancherà molto".

Dopo aver parlato con Rosa e Cookie, continuarono a controllare il percorso della parata e l'area del podio per i discorsi. Mentre percorrevano la zona, entrambi tenevano gli occhi aperti per vedere se ci fosse in giro Chaz. Jack era convinto che quel giorno avrebbe fatto una delle sue mosse, anche se Marina sperava ancora che si trattasse di semplici chiacchiere.

Jack si fermò all'ingresso di un piccolo luna park vicino al molo, con le giostre già allestite. "Leo e Samantha vorranno venire qui".

Le attrazioni principali erano una ruota panoramica, una giostra, una casa degli specchi e dei giochi di abilità e fortuna. I premi, degli animali di peluche, pendevano da alti pali e lo zucchero filato aveva un profumo dolcemente inebriante.

"Tutto sta prendendo forma", disse Marina, emozionata e sollevata. "Vediamo come se la cavano Kai e Axe al magazzino".

Salirono sulla Mini Cooper. Prima di avviare l'auto, Jack diede un'occhiata all'indicatore del carburante. "Dovremmo fermarci a fare benzina lungo la strada".

"Consuma meno del furgone. Sono sicura che ce la faremo".

Jack alzò le sopracciglia. "Che figura ci faremmo se rimanessimo a piedi mentre andiamo alla parata? Abbiamo tempo per fare il pieno. Inoltre, non mi piace vederti guidare un'auto quasi a secco".

"Anch'io ti amo", disse lei, baciandogli la guancia. "C'è un minimarket con delle pompe di benzina non lontano da qui".

Quello era uno dei gesti premurosi che Jack faceva per lei, e che apprezzava più di quanto lui sapesse. Prendersi cura delle piccole cose l'uno per l'altra era un modo per dimostrare il loro amore.

Dopo qualche minuto, Jack accostò al parcheggio del minimarket col distributore. Il traffico verso Summer Bach per il centenario stava iniziando ad aumentare, ma per tornare indietro avrebbero potuto prendere varie scorciatoie.

Jack scese dall'auto, strisciò la carta di credito e inserì l'erogatore nel serbatoio. Mentre faceva il pieno, si accomodò di nuovo sul sedile, lasciando la portiera leggermente socchiusa. "Vuoi un caffè dal bar?"

"Certo, sembra…" Quando Marina si voltò verso di lui, un brivido la attraversò e si bloccò. "Non guardare dietro di te. Chaz si è appena fermato con un'auto dall'altra parte delle pompe".

"Nessun problema, me ne occupo io", disse Jack, iniziando a scendere.

"No, non farlo", sussurrò Marina, afferrandogli il polso. "Se sta pianificando qualcosa, potrebbe essere armato. Non possiamo andarcene".

Di nascosto, tirò fuori il telefono. "Chiamo la polizia".

"Non tenerlo in mano", disse Jack a bassa voce.

Tenendo d'occhio Chaz, Marina aprì la borsa e tirò fuori un altro piccolo astuccio bianco. Estrasse un auricolare. Dopo averlo inserito nell'orecchio, compose un numero di emergenza sul telefono che teneva in grembo.

Mentre suonava, disse a bassa voce: "Ha appena estratto tre taniche di benzina dal bagagliaio".

"Sbrigati", disse Jack.

Il centralino rispose.

"Mi sente?", chiese Marina, in un sussurro appena udibile. Quando il centralinista confermò, fornì rapidamente il suo nome e la sua posizione. "Abbiamo appena individuato Chaz Bennington. Stiamo facendo il pieno all'auto". Rispose ad alcune domande e il centralinista le ordinò di rimanere al telefono.

"Non allontanarti da me", disse Marina, tenendo lo sguardo fisso in quello di Jack. Ogni muscolo del suo viso e del suo corpo era teso. L'odore di benzina si stava infiltrando nell'auto, dandole una leggera nausea.

Un movimento nello specchietto retrovisore attirò l'attenzione di Jack. "Sta camminando dietro di noi. Sta entrando nella stazione di servizio. Non muoverti, perché può vedere attraverso i finestrini".

Marina rimase il più possibile immobile. Non credeva che Chaz conoscesse la sua auto.

Dopo un'eternità, uscì dal negozio, contando gli spiccioli e infilando una manciata di accendini nella tasca della giacca.

"Dica loro di sbrigarsi, per favore", sussurrò Marina, riferendo ciò che aveva visto al centralino.

Guardando nello specchietto retrovisore, vide un'auto della polizia che stava svoltando. La centralinista continuò a parlarle.

Tuttavia, invece di camminare dietro l'auto, Chaz tagliò davanti. Nel farlo, alzò lo sguardo, strizzando gli occhi al sole.

All'improvviso, si acciglio e si diresse verso di loro.

"Abbassati", gridò Jack in un sussurro rauco. "Ci ha visti".

Chaz accelerò il passo, verso il lato del guidatore.

"Usciamo di qui", gridò Marina. Scivolò sul pavimento, raggomitolandosi in quello spazio ristretto.

"Aspetta". Jack avviò il motore, preparandosi a partire, nonostante avessero l'erogatore e il tubo della benzina ancora attaccati.

Proprio in quel momento risuonò una sirena, e una

volante della polizia si fermò davanti all'auto di Chaz. Un'altra lo bloccò da dietro.

Le porte sbatterono e Marina sentì gli agenti rivolgersi a Chaz. Tremando, tirò giù Jack con sé.

Gettò le sue braccia intorno a Marina, facendole da scudo con il suo corpo e stringendola con una forza tale che lei riusciva a malapena a respirare.

"Stia calma, signora", disse il centralinista.

Nonostante il cuore le battesse forte, Marina sentiva il trambusto fuori aumentare. Pregava che Chaz si arrendesse; temeva che potesse essere tentato di fare una scenata. Aveva così poco da perdere, a quel punto.

Tuttavia, dopo alcuni minuti carichi di tensione, Chaz si arrese.

Finalmente il centralinista la lasciò andare e lei riagganciò, pervasa dal sollievo. "Grazie al cielo", disse, premendosi le mani sulle tempie pulsanti.

Jack scese dall'auto per togliere il bocchettone della benzina e Marina si issò di nuovo sul sedile. Quando un agente alto e robusto si avvicinò all'auto, lei gridò, felice di vedere il loro amico Clark.

"Ispettore Clarkson", disse Jack, stringendogli la mano. "È davvero un piacere rivederci".

"Siete stati fortunati", rispose Clark, facendo un cenno verso l'altra auto della polizia, dove Chaz era stato messo al sicuro. "E probabilmente avete salvato la città da un potenziale disastro. Prima di lasciarvi andare, ho bisogno di alcuni dettagli per il verbale".

Dopo aver rilasciato le loro dichiarazioni, Marina si sentiva svuotata. Le formicolavano persino le mani e le girava leggermente la testa per lo stress.

Si avvicinò a Jack e gli appoggiò la testa sulla spalla.

"Avendo lavorato in prima linea nei servizi giornalistici, probabilmente ci sei abituato, ma io sono a pezzi".

"Allora ero molto più giovane e non avevo responsabilità", disse Jack con uno sguardo distante. "Anch'io sono scosso. Continuavo a pensare a te, a Leo e alle nostre famiglie. Questa giornata avrebbe potuto prendere una piega orribile. Menomale che il tuo serbatoio era quasi vuoto".

Anche se il freddo del mattino stava svanendo, Marina rabbrividì. "La tua offerta per un caffè è ancora valida?"

"Ci puoi scommettere". Jack fece scivolare le braccia intorno a lei e la baciò. "Vieni dentro con me, però. Non posso lasciarti sola, non dopo questo".

"Sono così grata che fossimo insieme", disse lei, stringendogli il braccio. "Se l'avessi visto da sola...".

"Avresti fatto esattamente le stesse cose", disse lui, inclinandole il mento per un morbido bacio. "Ti conosco e ammiro la tua grazia, sotto pressione. Non c'è nessuno che preferirei avere al mio fianco in qualsiasi situazione. Sei mia moglie, la mia compagna, il mio tutto. È un anniversario che non dimenticheremo".

Le lacrime che Marina aveva trattenuto le riempirono gli occhi e soffocò un singhiozzo. "Ti amo così tanto. Poteva finire malissimo... non voglio nemmeno pensarci".

"Non farlo", disse lui, cullandola tra le braccia. "È una cosa rara a Summer Beach".

Marina notò che il suo petto fremeva e si rese conto che anche lui stava tremando. Sapeva che si trattava di una normale reazione fisica dopo una situazione di tensione o di lotta.

Lo baciò e si tirò indietro. "Scuoti le mani più forte che puoi insieme a me. Una volta Ginger mi ha detto che aiuta a sciogliere la tensione muscolare e a calmare il sistema nervoso".

Lui sorrise, e i due si scrollarono di dosso lo stress che avevano appena sopportato.

"Ti senti meglio?", chiese lei, leggermente ansimante.

"In effetti, è servito". Si lasciò sfuggire una risatina. "Adesso andiamo a prendere quella tazza di caffè".

Entrarono nel minimarket per prendere il caffè e poi tornarono alla macchina. Rimasero seduti per qualche minuto, chiamando i loro cari per annunciare la notizia, e ricomponendosi per la giornata che li attendeva. Kai era scioccata e Axe voleva andare ad aiutarli, ma Marina e Jack gli assicurarono che stavano bene e che li avrebbero visti presto.

Dopo aver chiuso la chiamata, Jack la raggiunse. "Sei pronta per i festeggiamenti?", le chiese, massaggiandole il collo.

"In tanti modi", rispose.

21

Quando Marina e Jack arrivarono al magazzino, l'intera struttura brulicava di volontari che si preparavano per la parata. Intorno a loro, la gente rideva e si metteva in fila, pronta a raggiungere Main Street.

La notizia dell'arresto di Chaz si era diffusa anche tra il pubblico. Quando la gente li vedeva, applaudiva e li acclamava.

"Bravo, Jack", disse Axe, e tutti risero.

Kai li accolse entrambi con un abbraccio. "Oh, mio Dio, ero così preoccupata per voi. State bene?"

"È finita, e siamo pronti a festeggiare", disse Marina stringendo le mani della sorella. "Sono così sollevata di vederti".

"Sei proprio una rockstar", disse Kai, con gli occhi che brillavano per essersi liberata da tutte quelle emozioni. "Siete entrambi come dei supereroi che salvano la città da un antagonista malvagio".

Marina rise. "E tu hai guardato troppi film". Ma le

piaceva l'entusiasmo di Kai. Sua sorella parlava sempre con il cuore.

Axe abbracciò forte Marina e Jack. "Sono contento che ce l'abbiate fatta, in quella situazione", disse. "Oggi abbiamo molto da festeggiare, compreso questo".

"E sembra che tutti siano pronti", disse Marina, guardandosi intorno stupita da quel colorato tripudio di creatività.

Kai stringeva al petto una cartellina. "Cosa ne pensi degli sforzi di tutti?"

"Tutti i carri sono venuti così bene", rispose Marina, sorpresa da quanta maestria e creatività fosse in mostra. "Non lo avrei mai immaginato. Un applauso ai direttori delle sfilate".

"È stato un piacere". Kai fece un piccolo inchino nella sua tenuta da spiaggia vintage. Indossava un vivace top floreale e una gonna avvolgente. Axe indossava una maglietta e dei pantaloncini da surf coordinati.

Kai abbassò la voce, con gli occhi che brillavano per l'emozione. "Eseguiremo il nostro medley in spiaggia, su un carro, e Carol Reston si unirà a noi per il numero finale a sorpresa. Nessuno lo sa".

"Piacerà a tutti". Marina era così commossa da tutto il lavoro svolto per quell'evento.

Il suo cuore sussultò di fronte alla schiera di carri, ognuno dei quali rappresentava una parte del ricco arazzo della storia di Summer Beach. Si premette una mano sul petto, improvvisamente sopraffatta dall'allegria dello spettacolo. Le sue emozioni erano ancora forti.

"È molto più di quanto anch'io mi aspettassi". La mano di Jack trovò la sua e le diede una leggera stretta.

L'incidente che minacciava di oscurare la giornata era

ormai un ricordo, svanito come la nebbia del mattino. Marina fece un bel respiro, mentre osservava il trambusto e l'agitazione intorno a loro.

Molti dei loro amici stavano dando gli ultimi ritocchi ai loro carri. Altri stavano fissando i loro rimorchi ai veicoli, principalmente SUV e pick-up, anch'essi decorati.

Jen e George di *Nailed It* stavano aiutando la gente a sistemare le ultime cose. Jen alzò lo sguardo e salutò, premendosi una mano sul cuore. *Grazie*, disse a voce alta.

Marina ricambiò il saluto, grata dell'amicizia di Jen. La notizia si era diffusa rapidamente.

Il carro del *Giardino Nascosto* di Leilani e Roy era decorato con una straordinaria varietà di piante e fiori in vaso. Rami di bougainvillea rosa si curvavano su un gazebo bianco, mentre rose gialle adornavano una panchina da giardino. La coppia era in costume, con Leilani vestita da fata del giardino.

Kai batté le mani. Era una forza della natura, la sua voce chiara e sicura mentre dirigeva i volontari con l'efficienza di un regista esperto.

"Ricordate, non stiamo solo celebrando un centenario; stiamo raccontando la storia della nascita della nostra comunità", disse Kai, scrutando i carri.

In piedi accanto a lei, Axe fece un cenno di assenso, la sua voce baritonale risuonò nel magazzino. "Abbiamo bisogno che tutti si mettano in fila nell'ordine indicato. Quando sarete pronti, vi faremo strada verso Main Street".

"Una volta lì, includeremo altre persone", disse Kai. "Gli equestri con i loro cavalli rampanti, la banda della scuola e le squadre di ballo".

Jack prese la mano di Marina e la strinse. "La migliore parata di sempre".

"Grazie a Kai e Axe", disse.

"E la tua leadership". Jack la baciò sulla guancia. "Sei riuscita a radunare i volontari e a ottenere le donazioni. Senza di te, sarebbe stato il caos più totale".

"Lo apprezzo molto", disse Marina, grata per gli sforzi di tutti. "Hanno contribuito così tante persone".

Marina ammirò i carri che si stavano allineando lungo il perimetro del magazzino. Quello dei fondatori vantava casette in miniatura e una spiaggia sabbiosa, mentre quello dei surfisti era stato allestito con tavole d'epoca. Duke si trovava al centro e salutava con la mano, mentre Mitch si trovava subito dietro su quello di Java Beach. Il carro della *Summer Beach Art Guild* ospitava dei cavalletti sui quali erano state installate delle opere di artisti locali, raffigurando una comunità che incoraggiava e sosteneva la creatività.

Axe soffiò in un fischietto appeso al collo. "Quando darò il segnale, partiremo. Tutti devono rimanere in fila e andare piano".

"Ci vorrà un po'", disse Kai, sorridendo. "Avremo una scorta della polizia, perché dovremo bloccare il traffico".

Marina abbracciò la sorella. "Ci vediamo presto dall'altra parte".

Erano ormai in ritardo, ma Marina aveva anche concesso un ampio margine di tempo prima dell'evento, per ogni evenienza.

Quando Marina e Jack tornarono al Coral Cottage, Cruise e la nuova squadra avevano finito di caricare e preparare il camioncino.

Blake era arrivato e si era unito a Heather. Marina vide una scintilla di felicità nei suoi occhi. Anche Blake sembrava divertirsi.

Dopo che Marina ebbe approvato quanto avevano caricato a bordo, Cruise mise in moto il camioncino. Lui e la squadra partirono per incontrare Rosa e Cookie nell'area ristorazione. Heather e Blake rimasero ad aspettare Ethan.

Leo e Samantha stavano finendo di decorare. "Che ne pensi, papà?"

"Questo furgone non ha mai avuto un aspetto migliore", disse Jack, dando loro il cinque.

Con l'aiuto di John e Denise, i bambini avevano fissato sul tetto una vecchia tavola da surf che Ginger aveva in garage e legato ghirlande luminose intorno ai finestrini. Avevano disegnato un'enorme torta di compleanno con 100 candeline su un rotolo di carta da macellaio bianca e l'avevano attaccata al furgone. C'era scritto: *"Buon compleanno Summer Beach"*.

"La signorina Ginger ha detto che posso salire anch'io sull'auto del sindaco", disse Samantha, saltando da un piede all'altro per l'emozione.

Ginger abbracciò i due bambini al suo fianco. "Sono entusiasta di avere con me i miei due brillanti aiutanti. Non potrei essere più soddisfatta".

"Grazie, Ginger", disse Jack portandosi una mano al cuore. "Significa molto per i ragazzi".

Marina scattò alcune foto di Ginger con i ragazzi e il loro lavoro, per ricordare tutto di quella giornata speciale.

Pochi minuti dopo arrivò il sindaco con sua moglie Ivy, proprietaria del *Seabreeze Inn*. Guidarono la loro Chevy decappottabile rosso ciliegia degli anni Cinquanta, con la capote abbassata, salutando con la mano quando si accostarono al marciapiede.

Bennett e Ivy scesero dall'auto. "Siamo qui per il nostro stimato Gran Maresciallo che guiderà la parata", disse, salutando Ginger.

Dopo aver discusso alcuni dettagli sulla logistica, Bennett si mise al volante, con Ivy accanto. Dietro di loro, Ginger si sedette su una panchina di pelle rossa come un'imperatrice, con la testa alta e un sorriso sicuro che adornava il suo bel viso. Leo e Samantha salirono sulla decappottabile ai suoi lati, raggianti di emozione.

"È meglio che vi esercitiate a salutare", disse Marina, ridendo e salutando. "Ci vediamo presto lì".

Mentre se ne stavano andando, arrivò Ethan, trainando una golf car che lui e i suoi amici avevano iniziato a decorare. "Ciao, Heather. Blake, è bello vederti. Ho sentito parlare molto di te".

Blake afferrò la mano di Ethan. "Altrettanto. Grazie per avermi coinvolto".

Marina osservò mentre loro tre scaricavano l'automobilina. Aiutò Heather ad appendere le soffici decorazioni a pon-pon sul tetto. Dopo aver dato qualche tocco finale, i ragazzi salirono a bordo. Ethan e Blake chiacchieravano già piacevolmente e si scambiavano battute.

Ethan si mise un berretto. "Sono il vostro autista di golf car. Al vostro servizio". Tutti risero.

"Ci vediamo lì", disse Heather, accoccolandosi felicemente accanto a Blake sul sedile posteriore.

"Eccoli", disse Marina, nostalgica nel vedere Heather partire con Blake e suo fratello. "Sembra che siano cresciuti in una notte".

"Immagino che Leo farà la stessa cosa". Jack le mise un braccio intorno alle spalle. "Ethan e Blake sembrano andare d'accordo. È un buon segno, no?"

"Lo è", concordò Marina, comprendendo quanto fosse essenziale per i gemelli che l'altro accettasse la persona che stava frequentando. Non era sempre stato così. Per il bene di Heather, sperava che i due ragazzi andassero d'accordo.

Si diressero verso il furgone, ridacchiando su come lo avevano decorato i bambini.

"Anche Leo è entusiasta di partecipare alla parata", disse Marina, facendo scorrere la sua mano in quella di Jack. "Sarà divertente".

"Hai fatto un buon lavoro nel coordinare tutti. Sei davvero incredibile, e non lo dico solo perché siamo sposati".

Marina rise, ma accettò le sue lodi. Le squadre di volontari avevano svolto egregiamente i rispettivi compiti, quindi si sentì bene per l'intero evento. Dopo lo stress della mattina, cominciava a rilassarsi.

Mentre si avvicinavano al punto di partenza della sfilata, Marina intravide il sole che luccicava sull'oceano. Un cielo senza nuvole, notò con piacere. Non avrebbero avuto bisogno dei poncho in plastica per la pioggia che aveva ordinato, anche se sarebbero tornati utili durante la stagione delle piogge.

"Alla fine sarà una giornata meravigliosa", disse a Jack, che le strinse la mano in risposta.

Erano a pochi minuti da Main Street. Una volta arrivati, Kai e Axe erano impegnati a confermare l'ordine dei partecipanti alla parata e ad aggiungerne di nuovi.

Axe fischiò, attirando l'attenzione di tutti.

"La brigata delle biciclette dovrebbe essere proprio qui", disse Kai, indicando un punto della fila. "Se andate in bici, raggiungetemi qui". Diversi bambini si misero in fila, con le loro biciclette addobbate di festoni e palloncini e i volti accesi dall'emozione.

"Dove vuoi che andiamo?", chiese Marina.

Kai indicò un posto dietro il carro di Java Beach. "Lì è perfetto; avete tutti un'atmosfera da spiaggia vintage. Hai visto quanta gente c'è su Main Street? Non ho mai visto così tanti visitatori in città".

"È fantastico per i negozianti della Main", disse Marina.

Kai annuì, guardando l'orologio. "Aprirete il locale dopo la parata?"

"Saremo aperti per cena. La gente vuole vedere i fuochi d'artificio dal patio del ristorante. Sono sicura che avremo molto da fare".

"Non tutti possono vivere di hot dog e zucchero filato", disse Kai. "Per quanto possa essere allettante".

Marina e Jack salirono sul furgone e si misero dietro Duke. Erano in mezzo al corteo.

Axe fischiò di nuovo. "Ora che siete allineati, rimanete in quest'ordine. Kai e io dobbiamo saltare sulla piattaforma per il nostro numero musicale. Al nostro posto c'è Brandy di *Beach Waves*. L'avete vista tutti al magazzino, quindi aspettate il suo segnale per il vostro turno".

Brandy alzò la mano e fece un cenno. "Vi indicherò quando è il vostro".

"Diamo inizio alla sfilata!". Kai annunciò, con la voce che sovrastava il chiacchiericcio della folla. Passò la sua cartellina a Brandy, che si diresse verso la testa della fila e diede il segnale al sindaco.

Bennett iniziò a guidare lentamente. "Si parte".

Ginger, Leo, Samantha e Ivy salutarono gli altri residenti e visitatori di Summer Beach e la folla esplose in un applauso.

Marina era entusiasta della risposta e del sostegno ricevuto. Ma soprattutto pensava a quanto Summer Beach significasse per lei, alle amicizie che aveva scoperto lì e alla nuova vita che si era creata, sia a livello personale che professionale.

Era così grata che Ginger fosse ancora in buona salute e avesse mantenuto il Coral Cottage, anche mentre lei e Bertrand lavoravano all'estero. Summer Beach era ormai casa sua e Marina non poteva essere più felice.

I carri iniziarono a sfilare dietro l'auto del sindaco. Ogni epoca della storia di Summer Beach aveva preso vita, e la gente si era affollata sul marciapiede per applaudirli.

Il cuore di Marina era leggero, senza che il suo spirito fosse più appesantito dalle paure precedenti. Era un giorno in cui i residenti di Summer Beach festeggiavano con i loro vicini e accoglievano i visitatori. Stavano anche onorando la lungimiranza di coloro che erano venuti prima, e avevano gettato le basi per la loro soleggiata cittadina sul mare.

"Ci siamo", disse Jack, innestando la prima marcia del furgone.

Mentre Marina camminava accanto a Jack nella sfilata lungo Main Street, era piena di gratitudine per la sua famiglia, i suoi amici e lo spirito duraturo di Summer Beach. Quel giorno erano tutti uniti non solo dalla storia, ma anche da una visione condivisa per il futuro della loro comunità: mantenere Summer Beach un luogo che erano orgogliosi di chiamare casa.

"Ti stanno chiamando", disse Jack, facendo un cenno alle persone sul marciapiede.

"Anche te", disse felice.

"Perché aspettare cento anni per festeggiare di nuovo così?". Le parole di Jack si propagarono al di sopra del brusio della folla, e Marina rise.

22

*D*opo la sfilata, la folla ascoltò il discorso del sindaco da un podio in fondo a Main Street, vicino alla spiaggia.

Marina era in piedi con Kai e Brooke, circondata dalla loro famiglia. C'erano Heather, Ethan e Blake, Axe, Chip, il marito di Brooke, e i loro tre figli. Chip teneva un braccio protettivo intorno a Brooke; ora sembravano più vicini, per via della gravidanza.

"Grazie a tutti per esservi uniti a noi per celebrare i cento anni di storia di Summer Beach", disse Bennett. "Ci aspettano tanti bei momenti, che inizieranno tra pochi minuti, con le nostre tradizionali gare di corsa nei sacchi".

Le risate attraversarono il pubblico.

Leo strinse la mano di Jack. "Possiamo partecipare, papà?"

"E se formaste una squadra tu e Samantha?", suggerì Jack.

Un lampo di delusione attraversò il volto del ragazzo.

Jack si chinò verso Marina. "Ho paura farmi male nella calca".

"Non lo so", disse lei, sorridendo. "Se ci sono altri papà là fuori…".

Fece una smorfia. "Ok, ho capito cosa intendi". Mise un braccio intorno a Leo. "Ripensandoci, conta su di me, socio".

Dopo che il sindaco ebbe terminato, Ginger prese la parola, catturando l'attenzione di tutti. Parlò della storia della sua famiglia a Summer Beach, menzionando anche il caffè di Marina e l'anfiteatro di Kai con Axe. "Gli anni che ho trascorso a Summer Beach sono stati tra i più felici della mia vita. E quando verrà scritta la mia biografia, sarà per me un grande piacere rivivere i ricordi".

La gente applaudì, anche se Marina rimase a bocca aperta per la sorpresa. Ginger aveva sempre respinto con decisione l'idea di scrivere la sua storia. Prima che lei potesse dire qualcosa, Jack si avvicinò.

"Hai sentito?" La sua voce si alzò, carica d'emozione. "Potrebbe essere la mia occasione".

Jack si era già rivolto a Ginger in passato, ma lei era rimasta ferma nella sua idea. Marina sospettava che molte delle esperienze di sua nonna non potessero essere condivise a causa di informazioni riservate.

Cosa era cambiato? O Ginger aveva qualche altro motivo?

Come se le avesse letto nel pensiero, Ginger le strizzò l'occhio con un sorriso, confermando che aveva in mente qualcosa.

Dopo che Ginger ebbe finito di parlare, la folla si diradò, spostandosi verso le aree del cibo e del luna park. Leo strattonò Jack per mano, dirigendosi verso i giochi.

"Cos'era quella storia della tua biografia?", chiese Marina a Ginger quando si unì a loro.

"Ogni persona scrive la storia della propria vita", rispose lei con un leggero sorriso da Monna Lisa. "Ne parleremo più tardi, cara".

Marina avrebbe dovuto aspettare. Ginger faceva sempre le cose alle sue condizioni e con i suoi tempi. Fece un cenno verso un fotografo. "Sembra che il sindaco ti stia aspettando. Vado a controllare il camioncino".

Quando Marina arrivò, vide una fila di clienti alla finestra, più di qualsiasi altro venditore. Compiaciuta, fece il giro e si infilò nel retro. "Come va?", chiese a Cruise, che stava preparando un panino e delle patatine dolci.

"Benissimo. I biscotti e i popcorn vanno forte oggi. Probabilmente finiremo tutto. Ottima scelta quella dei biscotti".

"Hai bisogno di aiuto?", chiese.

"Ci pensiamo noi. Non preoccuparti, non stiamo trovando nessuna scorciatoia". Cruise sorrise mentre metteva il panino su un piatto di carta. "Ho imparato la lezione".

Marina fu felice di sentirlo. "Vuoi l'aiuto di Heather?"

"Lascia che stia con Blake e Ethan", rispose Cruise. "Sono passati un paio di minuti fa. Blake sembra un bravo ragazzo. Approvo".

Marina batté il pugno con lui. "Chiamami se hai bisogno di me. E grazie per aver spaccato, con questo camioncino".

"Ma sentiti", disse Cruise ridendo. "Continua così, Chef".

Marina tornò a guardare Jack e Leo nella gara dei

sacchi di iuta e, anche se non avevano vinto, sembrava che si fossero divertiti un mondo.

Vanessa era arrivata con suo marito Noah e parlarono tutti insieme, mentre guardavano. Dopo la gara, Leo raggiunse la madre e il patrigno e si diressero verso il luna park.

Jack si rivolse a Marina. "Hai chiesto a Ginger cosa intendeva con la sua biografia?"

"Ci ho provato, ma la conosci. Le piace prenderci in giro; ce lo dirà quando sarà pronta".

"Ha vissuto una vita straordinaria", disse Jack. "Ho la sensazione che abbia nascosto qualche sorpresa".

Il collo di Marina formicolava al pensiero. "Sono sicura di sì".

Parlarono mentre passeggiavano nell'area ristorazione, assaggiando man mano le varie specialità.

"Guacamole fresco, fatto in casa", disse Rosa dal suo stand.

"Dobbiamo provarlo", disse Marina. Avevano ancora tempo prima che lei dovesse tornare al locale per la cena. Ordinò patatine, salsa e guacamole.

"Ehi, tu", disse Kai, raggiungendola.

Rosa servì le loro ordinazioni. Con un luccichio scherzoso negli occhi, versò tre granite verde chiaro e le fece scivolare sul tavolo. "Dovreste festeggiare il vostro successo", disse Rosa. "I vostri preferiti, offerti dalla casa".

"Sono davvero squisiti". Marina assaggiò il margarita ghiacciato. "È delizioso". Ne porse uno a Jack e Kai. "Alla salute, per un centenario pieno di successo". Alzò il suo bicchiere, fece cin cin con quello di Jack e si rivolse a Kai.

"Certo. Salute anche a te". Kai fece altrettanto con i

loro bicchieri, ma non bevve alcun sorso. Invece, si girò. "Ecco che arriva Axe".

"Un altro per lui?", chiese Rosa.

Kai lanciò un'occhiata a Marina. "Può prendere il mio".

Marina strinse gli occhi. Non era da Kai rifiutare il suo margarita preferito in una calda giornata estiva.

Capì subito.

Axe si unì a loro e Kai agganciò il suo braccio a quello di lui, raggiante.

"Hai qualche novità per noi?", chiese Marina, trattenendo il respiro. Sperava di avere ragione questa volta.

"Certo che sì", rispose Kai, emettendo uno strillo. "L'abbiamo appena scoperto. Pensavamo di aspettare per essere tutti insieme, ma ora lo sapete. Non ci vorrà molto prima che io e Brooke potremo organizzare incontri di gioco con i piccolini".

Jack si congratulò con Axe e tutti si abbracciarono quando Brooke e Ginger li raggiunsero. Marina era felicissima per le sue sorelle, entrambe in estasi.

"La vita si risolve a modo suo", disse Ginger, baciandoli sulle guance.

Marina strinse la mano di Jack. "È proprio così".

Quella sera il caffè era affollato. Il personale di Marina era arrivato dopo aver fatto il tutto esaurito all'evento del centenario. Le famiglie più giovani e gli adolescenti erano rimasti alle giostre, mentre altri erano andati a cena a Summer Beach. Il sole era tramontato, e la gente aspettava di vedere i fuochi d'artificio.

"Se volete fare una pausa, qui possiamo gestire tutto noi", disse Cruise.

"Grazie", disse Marina, togliendosi la giacca da cuoco. Sotto, indossava un top leggero.

Lei e Cruise avevano cucinato insieme e lui aveva seguito le sue indicazioni. Era stata la cena più impegnativa che avessero mai organizzato, eppure tutto era filato liscio. Una sensazione di soddisfazione e di successo le si raccolse nel petto e si prese un momento per godersela, apprezzando tutto ciò che lei e la sua famiglia, attraverso le generazioni, avevano creato sul litorale.

Prima di uscire, infilò un oggetto stretto in una tasca.

Uscendo all'aperto, accolse con piacere l'aria fresca della sera, che le lambiva la pelle accaldata. Si appoggiò a una palma, riflettendo sulla festa attraverso una nuova prospettiva di comprensione. Quel giorno sarebbe rimasto nella sua memoria come la tela su cui era stata disegnata la storia di Summer Beach, con ogni tratto a dipingere un colore della sua storia, ogni tonalità una sfumatura della sua cultura.

Per lei il centenario era più di una pietra miliare: era l'inizio di un altro capitolo di una storia viva. Negli anni a venire, le vite si sarebbero trasformate con ogni risata condivisa, ogni boccone assaporato, ogni ricordo creato sotto quel cielo soleggiato.

Sbatté le palpebre, asciugandosi una lacrima di felicità dalla guancia. Quel giorno aveva attraversato tutto lo spettro delle emozioni, ed erano rimaste lì in superficie.

Jack si avvicinò a lei, portando un bicchiere di vino rosso. Le scostò delicatamente i capelli dal viso. "Stai bene, amore?"

"Mai stata meglio, a quanto pare". Gli sorrise. "Sono felice che tu sia qui".

Le porse il bicchiere. "Con i complimenti di Ginger. Un

pregiato Margaux d'annata che ha detto ti sarebbe piaciuto. È piuttosto raro, come lei". Seguì il suo sguardo. "Sembra che tutti si stiano divertendo".

"È l'unica cosa che mi ero prefissata di fare", disse, sentendosi profondamente grata per il posto in cui si trovava. "Preparare del buon cibo e offrire un posto confortevole per gustarlo sulla spiaggia".

Jack gli offrì il braccio. "Facciamo una passeggiata insieme?".

Lei posò delicatamente la mano nell'incavo del suo braccio. "Mi piacerebbe". Portò il vino al naso e poi sorseggiò, immaginando la storia racchiusa in quell'elisir color rubino.

Si avviarono verso la spiaggia, dove la luce della luna illuminava le creste bianche delle onde sull'oceano blu inchiostro. Quando raggiunsero le dune, si tolsero le scarpe e affondarono le dita dei piedi nella sabbia, ancora calda per la giornata e fresca sotto la superficie.

Una sottile striscia di luce squarciò la notte stellata, esplodendo in un caleidoscopio di colori sulla spiaggia. Dietro di loro, un applauso si levò nel patio della terrazza del locale.

"Che tempismo perfetto", disse.

Sorridendo, Jack le passò le braccia intorno alle spalle e la baciò. "Mi stai prendendo in giro, vero?"

"Riesci ancora a sorprendermi". Lei si rifugiò nel suo abbraccio, assaporando il vino e rabbrividendo di piacere.

Jack le accarezzò il viso e le baciò la fronte. "E tu mi stupisci con il tuo coraggio e la tua creatività. Non saprò mai come ho fatto a essere un ragazzo così fortunato".

"Datti un po' di credito", disse lei, inarcando un sopracciglio. "Eri il pacchetto completo. Un bel papà single, un bambino adorabile, un cucciolo troppo cresciuto, una macchina fantastica. Ci scrivono delle commedie romantiche, su persone come te".

Un altro fuoco d'artificio venne sparato nel cielo, esplodendo in una cascata d'argento.

Jack ridacchiò di nuovo. "E io che pensavo che tu mi volessi solo per il mio Pulitzer".

Lo punzecchiò con finta esasperazione. "Oh, basta così. Non hai qualcosa di meglio da fare nella vita?"

"Ci puoi scommettere", disse Jack, con un'espressione compiaciuta sul volto. "Ricordi l'idea di filmare le conversazioni al magazzino? Sembra che ci sia un forte interesse a portarla avanti".

Il cuore di Marina sussultò di gioia. "Oh, tesoro, sono così felice per te".

"La vita non è mai stata così bella, Marina. Godiamocela". Dalla tasca estrasse una sottile collana d'oro con un cuore brillante che poteva fare a gara con quel cielo colmo di scintille. "Buon primo anniversario, amore mio. Hai il mio cuore per tutti gli anni in cui batterà. Cento non basterebbero".

"Oh, è bellissimo, tesoro", disse lei, ammirando il cuore d'oro. Quella sua premura significava molto per lei. Lo baciò, poi si sollevò i capelli. "Me lo metti?"

Jack la strinse, lasciandole una scia di baci sul collo. "Sei tu che lo fai battere".

Lei rabbrividì sotto il suo dolce tocco. "E ora, ho qualcosa per te". Mise la mano in tasca. "Per scrivere il tuo prossimo libro".

Gli occhi di Jack si illuminarono di fronte alla stilografica scintillante. "Ne ho sempre desiderata una, tesoro. Anzi, proprio questa. Come lo sai?"

"Ho le mie fonti", rispose lei, ricordando la conversazione con sua sorella. "Forse il prossimo libro che scriverai sarà su Ginger".

"Mi sento così fortunato. Se non mi avesse affittato il cottage degli ospiti, forse oggi non saremmo qui". La sua voce aveva una nota roca e lui le fece scivolare il braccio intorno al collo, avvicinando le labbra alle sue. "È un giorno di festa che non dimenticheremo mai".

Lei assaporò il suo bacio. "Uno tra tanti altri che custodiremo".

In alto, un fuoco d'artificio scoppiò con delle scintille effervescenti che illuminarono la notte.

Marina gli offrì il suo vino, osservando i suoi ipnotici occhi blu oltre il bordo del bicchiere, mentre lo assaggiava. Con le braccia intrecciate, rimasero a guardare il cielo notturno, sorseggiando vino dallo stesso bicchiere.

"Che vita deliziosa", mormorò, grata per tutto ciò che avevano sopportato, per tutto ciò che avevano superato e per ciò che li aspettava nella storia della loro vita ancora da scrivere.

Fine

NOTE DELL'AUTRICE

Grazie per aver letto *Grande festa a Summer Beach*, e spero che vi siano piaciuti i festeggiamenti vecchio stile per il centenario.

Riceverete un kit di benvenuto a Summer Beach in omaggio, scaricando l'ebook o il **PDF** stampabile da: www.JanMoran.com/SummerBeachWelcomeKit

Se avete letto la serie *Seabreeze Inn at Summer Beach*, siete anche invitati a partecipare a uno speciale evento di gala in *Seabreeze Gala*, il prossimo libro della serie.

Inoltre, scoprite un nuovo ramo della famiglia in *Beach View Lane* e il più recente, *Orange Blossom Way*. Tenetevi aggiornati sulle mie nuove uscite sul mio sito web e fate acquisti su JanMoran.com. Iscrivetevi al mio **VIP Reader's Club** per ricevere notizie su offerte speciali e altre chicche. Inoltre, divertitevi insieme ad altri lettori che condividono le vostre stesse passioni nel mio gruppo di lettori su Facebook.

Altri libri da scoprire

Se questo è il primo libro della serie *Coral Cottage*, assicuratevi di conoscere Marina quando arriva a Summer Beach in *Ritorno a Coral Cottage*. Se non avete letto la serie *Seabreeze Inn*, vi invito a conoscere l'insegnante d'arte Ivy Bay e sua sorella Shelly mentre ristrutturano una casa storica sulla spiaggia in *Seabreeze Inn*, il primo della serie originale *Summer Beach*.

Godetevi ancora un'atmosfera soleggiata e dei viaggi internazionali insieme un gruppo di amici nella serie *Love, California*, che inizia con un emozionante viaggio a Parigi in *Flawless*.

Infine, vi invito a leggere i miei romanzi storici in volume unico autoconclusivo, come *Hepburn's Necklace*, *Il giardino dei profumi perduti*, *La casa dei profumi dimenticati*, e *La piccola bottega del cioccolato*, due storie ambientate nella splendida Italia degli anni Cinquanta.

La maggior parte dei miei libri è disponibile in ebook, in brossura o in copertina rigida, in audiolibro e in versione large print. E come sempre, vi auguro buona lettura.

QUATTRO RICETTE PER I POPCORN

In *Grande festa a Summer Beach*, Marina prepara i popcorn in quattro differenti sapori per venderli nel suo food truck durante i festeggiamenti del centenario. Che vi piaccia il gusto salato del rosmarino e del formaggio, o quello dolce del caramello e del cioccolato, c'è n'è uno per soddisfare ogni palato.

Utilizzate il metodo di preparazione dei popcorn che preferite, ad esempio l'apposito elettrodomestico, il microonde o in padella. Queste facili ricette possono essere preparate in anticipo o al momento per averle pronte e calde durante la serata davanti a un film. Buon appetito!

Popcorn al rosmarino e parmigiano

Ingredienti:

½ tazza (circa 100 g) di chicchi di mais non ancora scoppiati

3 cucchiai (45 ml) di olio d'oliva
2 cucchiai (circa 6 g) di rosmarino fresco, tritato fine
½ tazza (circa 50 g) di parmigiano grattugiato
Sale marino a piacere

Istruzioni:

1. Far scoppiare i chicchi di mais e metterli in una ciotola grande.

2. In una piccola ciotola, mescolare l'olio d'oliva e il rosmarino tritato.

3. Versare l'olio al rosmarino sui popcorn e farli saltare per ricoprirli uniformemente.

4. Cospargere di parmigiano grattugiato i popcorn e farli saltare di nuovo.

5. Aggiungere sale marino a piacere e servire.

Popcorn al cioccolato bianco e fondente

Ingredienti:

½ tazza (circa 100 g) di chicchi di mais non scoppiati
4 oz (115 g) di cioccolato bianco (circa ½ tazza, se tritato)
4 oz (115 g) di cioccolato fondente (circa ½ tazza, se tritato)
Sale marino a piacere (facoltativo)

Istruzioni:

1. Far scoppiare i chicchi di mais e metterli in una ciotola grande.

2. Sciogliere separatamente il cioccolato bianco e quello fondente nel microonde o a bagnomaria.

3. Versare il cioccolato fondente fuso sui popcorn, e successivamente quello bianco.

4. Per dare una nota di sapore tra il dolce e il salato, aggiungere sale marino a piacere.

5. Lasciare raffreddare e indurire il cioccolato prima di servirlo.

Popcorn al caramello

Ingredienti:

$\frac{1}{2}$ tazza (circa 100 g) di chicchi di mais non scoppiati
1 tazza (circa 200 g) di zucchero di canna confezionato
$\frac{1}{2}$ tazza (circa 115 g) di burro non salato
$\frac{1}{4}$ di tazza (60 ml) di sciroppo di mais chiaro
$\frac{1}{2}$ cucchiaino di sale
$\frac{1}{2}$ cucchiaino di bicarbonato di sodio

Istruzioni:

1. Far scoppiare i chicchi di mais e metterli in una ciotola grande.

2. In una pentola di medie dimensioni, unire lo zucchero di canna, il burro, lo sciroppo di mais e il sale. Cuocere a fuoco medio finché il composto non raggiunge l'ebollizione.

3. Far bollire per 5 minuti senza mescolare. Togliere dal fuoco e aggiungere, mescolando, il bicarbonato di sodio.

4. Versare il caramello sui popcorn e mescolare per ricoprirli uniformemente.

5. Distribuire i popcorn su una teglia da forno e cuocere a 120°C (250°F) per 45-60 minuti, mescolando ogni 15 minuti.

6. Togliere dal forno e lasciare raffreddare prima di servire.

Popcorn ai tre formaggi

Ingredienti:

½ tazza (circa 100 g) di chicchi di mais non scoppiati
¼ di tazza (60 ml) di burro fuso
¼ di tazza (circa 25 g) di parmigiano grattugiato
¼ di tazza (circa 25 g) di formaggio Cheddar grattugiato
¼ di tazza (circa 25 g) di mozzarella grattugiata
Sale marino, a piacere

Istruzioni:

1. Far scoppiare i chicchi di mais e metterli in una ciotola grande.

2. Versare il burro fuso sui popcorn scoppiati e farli saltare per ricoprirli.

3. Unire il parmigiano, il formaggio Cheddar, la mozzarella e cospargere i popcorn.

4. Mescolare i popcorn per distribuire uniformemente il formaggio.

5. Aggiungere sale marino a piacere e servire immediatamente.

SULL'AUTRICE

JAN MORAN è un'autrice di romanzi femminili romantici, tra i bestseller di *USA Today* e *Wall Street Journal*. Tra le sue cose preferite ci sono una buona tazza di caffè, il cioccolato fondente, i fiori freschi, le risate e la musica che le tocca l'anima. Ama viaggiare e i luoghi che preferisce per trarre ispirazione sono quelli ricchi di storia e di mistero, sullo sfondo di montagne innevate, spiagge di palme o luci scintillanti di città. Jan è originaria di Austin, in Texas, di cui mantiene un po' del particolare accento, anche se da anni vive nel sud della California, vicino alla spiaggia.

La maggior parte dei suoi libri sono disponibili come audiolibri e la sua narrativa storica è tradotta in tedesco, italiano, polacco, olandese, turco, russo, bulgaro, portoghese, lituano e altre lingue.

Se vi è piaciuto questo libro, vi invitiamo a lasciare una breve recensione online per i vostri amici lettori dove avete acquistato il libro o su Goodreads o Bookbub.

Per leggere gli altri romanzi storici e contemporanei di Jan, visitate JanMoran.com. Iscrivetevi alla mailing list del Club dei lettori VIP e al Gruppo dei lettori di Facebook per conoscere le nuove uscite, le vendite e i concorsi.

www.ingramcontent.com/pod-product-compliance
Lightning Source LLC
Chambersburg PA
CBHW020131120726
47903CB00007B/2206